도스토옙스키를
읽다

세계문학을 읽다 13

도스토옙스키를 읽다

서가윤 지음

DOSTOEVSKY

머리말

도스토옙스키는 독자들에게는 언젠가 반드시 읽어야 할 작가, 평론가들에게는 가장 문제적인 작가, 문인들에게는 영감을 주는 작가로 그 영향력이 막대하다. 또 니체가 도스토옙스키를 두고 "내가 무언가를 배울 수 있었던 단 한 명의 심리학자였다."라고 말한 것을 보면, 그는 작가를 넘어 여러 사상가에게 철학적 영감을 주는 존재이기도 했다. 이런 도스토옙스키를 따라다니는 수식어들은 수없이 많지만, 내가 가장 공감한 말은 이것이었다. '가까이하기에는 너무나 먼'이라는 말.

처음 그의 작품을 만난 것은 고등학생 때였다. 당시 나는 모범생 소리를 듣는 학생이었고, 그래서인지 다른 친구들보다 지적으로 보이고 싶다는 귀여운 허영심에 차 있었다. 그때 내가 잔뜩 빌려온 학교 도서관의 책 가운데 가장 두꺼운 것이 도스토옙스키의 《죄와 벌》이었는데, 1권을 읽다 포기하고 2권은 표지만 쓰다듬다가 반납했다. 이렇게 어려운 책을 어떻게 읽었느냐는 사서 선생님의 한마디가 적당한 우월감을 안겨주었지만, 사실 나에게 도스토옙스키의 소설은 '외계어 같은 것', '앞으로 내 의지로 읽을 일이 없는 것'

이라는 인상으로 남게 되었다. 왜 고전 중의 고전, 명작 중의 명작으로 꼽히는 그의 작품들이 별다른 감동과 감흥을 주지 않는지, 왜 깊이 다가오지 않는 것인지에 대한 수수께끼만 남긴 채.

다시 도스토옙스키에게 관심을 갖게 된 것은 성인이 되어 한 독서모임에서 고전에 대한 이야기를 나눌 때였다. 죽기 전에 꼭 읽고 싶은 책을 선정해 발표했는데, 한 회원이 도스토옙스키의 《죄와 벌》, 《카라마조프가의 형제들》을 소개했다. 나는 그 사람의 눈빛에서 고등학생 때 《죄와 벌》을 겨드랑이에 끼고 유난을 떨던 나의 모습과는 다른 진실한 감흥을 포착했다. 이후 알 수 없는 오기가 발동해 도스토옙스키의 작품 중 유명하다는 것은 모조리 사서 하나씩 읽어나가기 시작했다. 어려운 러시아 이름들을 노트에 꾹꾹 눌러 적고 인물 관계도까지 그려가면서.

지금도 부정할 수 없는 사실은 그의 작품이 확실히 어렵다는 것이다. 특히 청소년들에게는 더욱 그럴 것이다. 앞서 언급한 러시아식 이름부터, 작품에 반영된 당대 러시아의 정치 및 사회의 모습들, 게다가 '벽돌책'이라고 불릴 만큼 두꺼운 분량······. 이 모든

게 낯설고 어려워 마치 커다란 장벽처럼 느껴진다. 그렇기에 그는 대문호인 동시에 난해하고 어려운 작가로 통하기도 한다.

그럼에도 불구하고 나는 이제 도스토옙스키를 읽어야 한다고 말하는 사람이 되었다. 왜냐하면, 우리는 누구나 저마다의 고통 속에서 살아가고 있기 때문이다. 도스토옙스키의 삶에 서린 진한 고통을 이해하고 그 고통 속에서 그가 이룬 치열한 성찰의 과정을 따라가다 보면, 어느새 내 삶의 고통을 마주하고 성찰하면서 성장한 나를 발견하게 될 것이다. 도스토옙스키의 작품을 읽는 데 두려움을 느끼는 독자들과 청소년들에게 이 책이 하나의 방향성을 제시해 줄 수 있기를 바란다.

차례

01

도스토옙스키의
삶과
작품 세계

어떤 글이든 그것을 쓴 작가의 삶이 반영되기 마련이지만, 특히 도스토옙스키의 작품에는 그가 겪은 삶의 경험들이 진하게 스며들어 있다. 따라서 도스토옙스키의 작품을 읽고 폭넓게 이해하기 위해서는 그의 생애를 유심히 살펴볼 필요가 있다.

1. 불행했던 유년 시절과 청소년기

표도르 미하일로비치 도스토옙스키(이하 도스토옙스키)는 1821년 11월 11일(러시아력으로 10월 30일), 모스크바 근처의 마린스키 빈민 병원 관사에서 태어났다. 마린스키 빈민 병원의 의사이자 도스토옙스키의 아버지인 미하일 안드레예비치 도스토옙스키와 어머니 마리아 표도로브나 도스토옙스카야 사이에는 7남매가 있었는데, 도스토옙스키는 그중 둘째이다.

주목할 만한 점은 그가 빈민 병원에서 유년기와 사춘기를 보냈다는 사실이다. 도스토옙스키의 아버지는 1828년 성(聖) 안나 훈장*을 받고 8등관으로 승진했는데, 19세기 러시아 관등 체계에 따르면 8등관부터는 세습 귀족의 자격을 얻게 된다. 즉, 귀족 명부에 이름을 올린 중산층 가장이 성장기의 자식들을 빈민 병원에서 자라게 한 것이다.

이 때문에 도스토옙스키는 자연히 병원에 실려 온 극빈층 환자들의 고통을 그대로 목격할 수밖에 없었는데, 종종 들것에 실려 나가는 시신을 보기도 했다고 한다. 다시 말해, 그는 어렸을 때부터 극심한 고통을 겪는 사람들의 처참한 현실을 질리도록 봐왔던 것이다. 그러한 성장 환경은 도스토옙스키의 삶과 작품 세계, 그리고 그의 철학에 지대한 영향을 미치게 된다.

도스토옙스키의 아버지는 비좁은 병원 관사에 살면서 악착같이 돈을 모았는데, 다혈질에다 신경질적인 성격이었다. 그래서 도스토옙스키의 가족들은 아버지 앞에만 서면 벌벌 떨었다고 한다. 그때 느꼈던 아버지에 대한 두려움과 원망은 도스토옙스키의 우울하고 폐쇄적인 성격을 형성했다.

도스토옙스키는 아버지의 성정을 물려받은 탓인지 신경질적이

• **성 안나 훈장** 1742년 러시아제국에서 제정된 훈장으로, 민간 부분이나 공무에서의 공훈을 치하하는 뜻으로 주었다.

고 의심이 많았다. 하지만 그의 어머니는 아버지와 달리 자녀들을 사랑으로 돌보는 사람이었다. 그래서 도스토옙스키에게 어머니는 무섭기만 한 아버지에게서 도망쳐 숨을 수 있는 피난처이자 각별한 애정을 느끼는 존재였다. 아버지와 어머니의 상반된 성격 역시 도스토옙스키의 작품에 영향을 미쳤다. 그의 작품 속 인물들은 주로 병적으로 신경질적이거나 비뚤어진 성격을 가지고 있는데, 그것은 어린 시절 그가 부모로부터 느낀 분열되고 모순된 감정에서 비롯된 것이라고 해석할 수 있다.

도스토옙스키가 16세 되던 해에 어머니는 폐결핵으로 사망한다. 그 뒤 아버지는 악착같이 모은 돈으로 툴라 지방에 땅을 사서 그곳으로 이주해 아들들을 출세시키기 위해 애썼다. 문학적 기질을 타고난 도스토옙스키는 이때 예술적인 삶을 동경하고 있었다. 하지만 아버지의 뜻에 따라 1838년 육군 공병학교에 들어가고, 자신의 의지와는 상관없는 군사학교 생활을 해야 했다. 그것은 도스토옙스키에게 무척 고통스러운 시간이었다.

그러던 1839년 여름, 충격적인 일이 벌어진다. 평소 다혈질이었던 아버지는 농노들을 구타하거나 화를 내기 일쑤였는데, 어느 날 농노들이 인사를 제대로 하지 않는다고 야단을 쳤다가 분노한 그들이 한꺼번에 달려들어 아버지를 죽여버린 것이다.

도스토옙스키는 이 소식에 큰 충격을 받는 한편 죄책감을 느낀다. 그동안 그는 아버지를 그다지 사랑하지 않았고, 또 늘 아버지를 원망하는 짜증 섞인 편지를 보내왔기 때문이다. 이후 그는 트라우마로 인해 깊은 우울증을 겪었고, 간질*까지 앓게 되었다. 그는 아버지에 대해서는 어떠한 말도 하고 싶어 하지 않았으며, 특히 아버지의 죽음과 관련된 이야기는 절대 꺼내지 않았다고 한다. 그에게 이 사건이 얼마나 큰 충격이었는지 엿볼 수 있는 대목이다.

2. 수감 생활과 죽음의 경험

1848년부터 도스토옙스키는 '페트라셰프스키 서클'이라는 모임에 참석하기 시작했다. 페트라셰프스키 서클은 사회주의자들이 모여 프랑스의 공상적 사회주의자 푸리에를 연구하는 모임이었다. 이 모임은 점차 체제 비판적인 성격을 갖게 되어 재판, 검열, 농노제도, 출판제도, 가족제도 등에 대한 이야기를 나누고 연구하기 시작했다. 당시 도스토옙스키는 사회주의 사상을 연구하는 일을 더 나은 삶에 대한 갈망을 충족시켜 주는 것으로 여겼다.

그런데 이 무렵 황제 니콜라이 1세는 비밀경찰 조직을 동원해 러시아 지식인들을 철저히 감시하고 있었다. 이 감시 대상에는 페

• 최근에는 '간질'이라는 용어에 담긴 사회적 편견과 낙인 때문에 '뇌전증'이라는 용어로 바꾸어 사용하고 있으나, 이 책에서는 간질이라는 표현으로 통일하고자 한다.

트라셰프스키 서클 회원들도 포함되었고, 결국 1849년 4월 23일 도스토옙스키를 포함한 회원 34명이 체포되고 만다. 당시 도스토옙스키의 죄목은 벨린스키의 〈고골에게 보내는 편지〉를 모임에서 낭독했다는 것이었다. 그는 자신이 사회주의에 심취했다는 사실을 담담히 인정했다.

도스토옙스키는 체포된 이후 최종 판결 전까지 8개월 동안 페트로파블롭스크 요새* 감옥에 갇혀 있었다. 암흑 같은 토굴 감옥에 파묻혀 지내는 동안, 그곳에 있던 사람들 가운데 일부는 끔찍한 현실 때문에 미쳐버리거나 자살을 시도하기도 했다. 그러나 도스토옙스키는 아이러니하게도 더욱 강인해진다. 그가 판결을 기다리며 감옥에서 쓴 메모에서 그 정신력을 엿볼 수 있다.

낙담하는 것은 죄악이다. 나는 상황이 더 나빠질 거라 예상한다. 그러나 지금 내 안에 마르지 않는 생명력이 가득 차 있음을 느끼고 있다.

마침내 사건이 종결되고, 도스토옙스키는 8년간의 요새 유형 판결을 받는다. 그런데 이때 황제 니콜라이 1세가 연극을 꾸민다. 도스토옙스키를 포함한 페트라셰프스키 서클 회원들에게 가짜 사형

• **페트로파블롭스크 요새** 러시아 상트페테르부르크의 네바 강변에 위치한 요새. 표트르 1세가 스웨덴 해군의 공격으로부터 도시를 방어하기 위해 지었다.

선고를 내리기로 한 것이다. 황제는 형식적으로 사형 절차를 치르고, 집행 전에 극적으로 집행유예 선고를 하도록 했다. 민중을 위한다는 지식인들을 사형으로 다스린 다음 죽음의 문턱에서 풀어주어 자신의 자비심을 극대화하려는 의도였다.

이에 따라 1849년 12월 22일, 세묘노프 광장에서 가짜 사형 집행이 이루어진다. 광장에는 단두대와 말뚝이 박혀 있었으며, 총을 가진 병사들이 일렬횡대로 정렬해 있었다. 이윽고 집행관이 사형 선고문을 읽고 총을 겨누는 순간, 예정된 대로 사격 중지를 알리는 신호가 울렸다.

죽음의 문턱까지 갔다 온 도스토옙스키의 극적인 체험은 그의 작가적 삶에 큰 영향을 미치게 된다. 그는 다시 삶을 찾게 된 이후 형 미하일에게 이런 편지를 쓴다.

이 사건이 내게는 피와 살이 됐습니다. (중략) 지금 이 순간, 나는 지금까지 만났던 모든 사람을 기꺼이 사랑하고 껴안을 수 있을 것 같습니다. 오늘 죽음의 문턱에서 소중한 사람들에게 작별을 고하려 할 때 그 사실을 깨달았습니다. 지난날을 되돌아보면, 아무 가치 없는 일에 얼마나 많은 시간을 허비했는지 모릅니다. (중략) 살아 있다는 것은 행복입니다. 매 순간이 행복할 수 있습니다.

죽음이 코앞까지 닥친 상황에서 벗어나 다시 살아갈 수 있게 된 사람에게는 살아 있다는 사실 자체가 너무나 소중하고 애틋할 것이다. 그는 이 사건 이후 삶의 매 순간이 행복이라는 것을 깨달았고, 그 깨달음을 자신의 작품 속에서 가장 아끼는 인물에게 투영했다.

그러나 도스토옙스키에게는 여전히 4년의 시베리아 유형과 4년의 병역 의무가 남아 있었다. 그는 이 기간에 살인범, 강도, 폭력범, 저능아 등과 함께 강제 노동을 하며 추위와 굶주림, 위장병, 류머티즘, 신경 발작 등에 시달렸다. 훗날 그는 동생 안드레이에게 그곳에서 지내는 1분 1초가 영혼을 돌로 짓누르는 듯한 고통의 연속이었다고 말했다. 그때의 고통스러운 경험은 그의 소설 곳곳에 생생하게 묘사되어 있다. 특히 감옥이라는 곳은 인간의 본성이 극단적으로 표출될 수밖에 없는 공간이기 때문에, 그곳에서 만난 죄수들 가운데 몇몇은 그의 작품 속 인물로 형상화되기도 했다.

3. 신에 대한 믿음

도스토옙스키의 수감 생활은 그의 작품 속 다양한 인물에 영향을 미쳤을 뿐만 아니라 그의 사상이 새롭게 변화하는 계기가 되기도 했다. 이는 시베리아 유형지에 도착했을 때 그를 따뜻하게 맞이해 준 한 여인이 선물한 《성서》로부터 출발한다. 《성서》는 도스토옙스키가 4년의 수감 생활 동안 지닐 수 있었던 유일한 책이었고, 그는 수감 생활 내내 그것을 베개 밑에 고이 간직했다.

조금씩 《성서》를 읽어나가던 그는 자연스럽게 그리스도를 사랑하게 된다. 사회주의를 추종하며 무신론자에 가까웠던 그의 생각이 바뀐 것이다. 과격한 사회주의자의 모습을 버린 도스토옙스키는 자신이 혁명 활동에 몰두했던 시기를 그리스도를 부정하고 러시아 민중들에게 범죄를 저지른 때로 여겼다.

그에게 그리스도는 가장 아름답고 완벽한 인격체였다. 또 아무리 극악무도한 흉악범이라고 해도 마음 한편으로는 그리스도를 동경하고 있으며, 신에게 버림받을까 봐 두려워한다는 사실을 깨닫는다. 그의 대표작인 《죄와 벌》에 나오는 '소냐'라는 인물은 이러한 깨달음을 바탕으로 만들어진 인물이다. 노파를 살해한 혐의로 시베리아 감옥에 갇히게 된 라스콜니코프의 유형 생활을 뒷바라지하려고 따라간 소냐는 그리스도가 보일 법한 자애와 구원의 이미지로 형상화된다. 그녀는 라스콜니코프가 지적인 오만함에서 벗어나 진심으로 회개할 수 있도록 이끄는 역할을 한다.

4. 가난과 간질

가난과 간질, 이 두 가지는 도스토옙스키를 평생 따라다녔다.

그에게 빈곤은 중요한 화두였다. 그의 첫 소설 제목이 '가난한 사람들'이었던 것, 그가 공상적 사회주의에 이끌렸던 것, 인생의 중반에 독실한 그리스도인으로 거듭난 것은 그가 빈곤에 대한 생각을 멈추지 않았기 때문일 것이다. 그는 당대 러시아에서 가장 많이 팔린 책을 쓴 작가였지만, 평생을 경제적으로 자유롭지 못했다.

그의 가난에는 두 가지 원인이 있었는데, 바로 허영심과 도박이다. 그는 인색했던 아버지와는 다른 삶을 살고 싶어 했고, 부유한 집안 출신처럼 보이려 안간힘을 썼다. 다만 악착같이 돈을 모으려 했던 아버지를 옆에서 봐왔기에 가난한 사람들의 고통에 대해서는 누구보다도 잘 알고 있었고, 이를 바탕으로 첫 번째 소설《가난한 사람들》을 써냈다. 그는 이후로도 계속 가난을 화두로 고민하며 살았지만, 내내 돈 때문에 허둥거리며 괴로워했다.

또 그는 평생 간질로 고통받았다. 간질은 경련과 의식 장애를 일으키는 발작 증상이 되풀이해 나타나는 질환이다. 의사 예르마코프는 그에게 '울부짖음, 의식 상실, 말초신경 및 안면부의 경련, 구강의 거품, 거친 숨소리, 작고 빠르며 줄어든 박동' 같은 증상이 나타났다고 진단했다. 이런 발작은 약 15분 동안이나 계속됐으며, 발작 이후에는 완전히 탈진해 무기력해졌다고 한다. 1853년 이후로는 매달 정기적으로 증상이 나타났다. 심지어 결혼식이 끝난 뒤에는 고조된 흥분과 샴페인 때문에 하루 동안 두 번이나 간질 발작을 일으켰다고 한다.

이 영향으로 그의 작품 속에는 간질 발작으로 고통받는 인물이

여럿 등장한다. 《죄와 벌》의 라스콜니코프와 스비드리가일로프, 《지하로부터의 수기》에 등장하는 마흔 살 퇴역 관리, 《백치》의 미쉬킨, 《카라마조프가의 형제들》에 나오는 스메르쟈코프가 간질 증상을 보인다. 이 인물들의 공통점은 내적 혹은 외적으로 격렬한 갈등을 경험한다는 것이다.

그런데 도스토옙스키는 간질을 끔찍한 것으로만 생각하지는 않았다. 오히려 일시적으로 의식이 육체에서 떠나는 '탈혼'을 경험하고, 어떤 때는 황홀경까지 느끼기도 했다고 한다. 이러한 경험이 생생히 투영된 작품이 바로 《백치》이다. 도스토옙스키의 작가적 삶에서 간질은 또 다른 문학적 토양이 된 것이다.

하지만 간질이 육체적 고통을 동반한다는 점, 또 아들에게 유전으로 이어졌다는 점까지도 황홀하게 받아들이기는 어려웠을 것이다. 그의 세 살배기 아들 알료사는 1878년에 간질로 사망했다. 도스토옙스키는 유난히 알료사를 사랑했기에 아들의 죽음에 엄청난 충격을 받았다. 특히 자신의 병을 물려받아 죽게 되었다는 사실은 그에게 씻을 수 없는 죄의식으로 남았을 것이다.

5. 도스토옙스키의 작품 세계

앞서 언급했듯 도스토옙스키의 데뷔작은 1846년 발표된 《가난한 사람들》이다. 가난한 중년의 하급 관리 제부시킨과 그의 먼 친척인 불행한 소녀 바르바라가 주고받은 편지로 구성된 서간체 소설로, 이 작품을 통해 도스토옙스키는 당대 최고의 비평가 벨린스키에게 격찬을 받으며 러시아 문학의 기대주가 된다. 벨린스키는 그의 작품을 러시아 최초의 사회소설로 보았던 것이다. 이 소설은 이전의 방식에서 벗어나 주인공의 갈등을 내면에서 직접 관찰하는 심리 분석적 방식을 사용해 독자들의 열렬한 호응을 얻었다. 이후 그는 형 미하일에게 쓴 편지에서 자신의 글쓰기 방식에 대해 이렇게 설명한다.

나는 종합이 아니라 분석으로 글을 씁니다. 다시 말해서 나는 깊숙한 곳으로 뚫고 들어가며, 모든 원자를 분석하면서 전체를 발견하는 것입니다.

이어 그는 두 번째 중편소설인 《분신》(1846)을 발표한다. 하지만 주인공 하급 관리 골랴트킨의 분열된 자아를 다룬 이 작품은 전작과는 달리 독자들의 이목을 끌지 못했고, 벨린스키의 지지마저 잃는다. 그러나 이 작품에 등장하는 분열된 자아의 인간은 이후 발표된 그의 여러 걸작 속 주인공들에게 중요한 요소로 작용한다. 한편, 그는 이 무렵부터 공상적 사회주의 사상에 관심을 가지고 페트라셰프스키 서클에서 활동하면서 혁명가들과 교류하게 되는데,

이 또한 그의 창작 활동에 큰 영향을 미친다.

그는 1849년까지 몇몇 단편소설과 중편소설을 잇달아 발표했지만 크게 주목받지 못했다. 게다가 야심 차게 쓰기 시작한 장편소설 《네토치카 네즈바노바》는 국가 전복 혐의로 체포되면서 세 편의 긴 삽화만 발표된 채 중단되었다. 하지만 이 세 편의 이야기에는 등장인물들의 생각을 자세히 해부하는 진지한 분석이 담겨 있었고, 자신의 심리를 꿰뚫는 자기 성찰적인 내용도 있었다. 이는 그의 문학 세계가 앞으로 어떻게 발전되어 나갈지를 보여주는 예고편 역할을 했다.

여기까지가 도스토옙스키 문학사의 전기에 해당한다면, 후기에 대작들을 쓸 수 있었던 열쇠와 같은 작품은 바로 《지하로부터의 수기》(1864)이다. 이어 1867년에는 중편 《노름꾼》을 발표했다. 이 당시 그는 거액의 빚을 지고 빚쟁이를 피해 해외로 도주해서 4년 남짓 궁핍한 생활을 하고 있었다. 이러한 상황에서 그는 《죄와 벌》(1866), 《백치》(1869), 《악령》(1872) 같은 걸작을 발표하며 명성을 얻었다. 이 작품들이 인기를 얻으면서 그는 비교적 안정적인 생활을 할 수 있게 된다. 이후 1875년에는 《미성년》을 발표했고, 이어 그의 생애와 사색을 집대성한 작품이라고 일컬어지는 《카라마조프가의 형제들》(1880)을 썼다.

그가 쓴 후기의 대작들은 당대의 사회적·정치적·사상적 문제를 예민하게 반영했고, 동시에 인간 존재의 근본적인 문제를 제기했다. 《죄와 벌》에서는 자신의 이론에 빠진 살인자 라스콜니코프가 인간성을 회복해 가는 과정을 다루었으며, 《백치》에서는 완전한 인간성을 갖춘 아름다운 인간의 패배를 묘사했다. 《악령》에서는 러시아에 만연했던 허무주의, 무신론 등 여러 사상에 대한 비판을 드러냈으며, 《미성년》에서는 청년의 야심적 생태를 다루었다. 마지막으로 《카라마조프가의 형제들》에서는 존속살해라는 통속적인 소재를 통해 신과 인간의 문제에 대한 질문을 던졌다. 그는 《카라마조프가의 형제들》의 집필을 끝내고 나서 몇 달 뒤인 1881년에 세상을 떠났다.

대문호 도스토옙스키의 작품 속에는 그의 삶과 사상이 진하게 녹아 있다. 행복하지 못했던 유년 시절, 사회주의자로서 활동했던 경험과 그로 인한 수감 생활, 그 시기에 만난 수많은 사람, 신을 사랑하게 된 것, 그럼에도 돈에 대한 집착을 버리지 못했던 것, 간질을 앓았던 것. 이 모두가 그만의 문학을 완성하는 데 영감이 되었다.

우리는 그의 작품에서 19세기 러시아의 불안한 사회 분위기와 정치적 상황을 읽을 수 있고, 다양한 인간 군상과 심리를 탐구할 수 있다. 도스토옙스키의 사유를 따라가다 보면 우리는 어느새 우리의 삶을 거울처럼 마주하게 된다. 가늠할 수 없는 고통을 겪은 이가 써 내려간 복잡다단한 소설 안에서, 우리는 결국 우리를 발견한다. 그것이 도스토옙스키의 작품들이 지닌 가치이다.

오늘날 도스토옙스키는 가장 널리 읽히는 19세기의 소설가 중

하나로 꼽힌다. 또 그의 소설은 문학계를 넘어 철학계와 비평계에
도 지대한 영향을 미치며 여전히 우리 곁에 남아 있다.

도스토옙스키

작품

읽기

죄와 벌

Преступление и наказание, 1866

도스토옙스키의 대표작인 《죄와 벌》은 19세기 러시아의 어두운 면을 상징적으로 그려낸 작품이다. 선과 악, 범죄와 벌에 대한 윤리적 질문을 제기하고 있다.

1. 줄거리와 등장인물

① 줄거리

주인공 라스콜니코프는 러시아 상트페테르부르크에 사는 가난한 법학도로, 철학적 고민에 시달리는 청년이다. 빈곤하고 고독한 삶을 살아가는 그는 늘 사색에 몰두한다. 그 사색은 독창적인 이론으로 발전해 그를 지배하게 되는데, 바로 초인 사상이다.

그의 초인 사상에 의하면 사람은 다수의 약하고 평범한 사람과 소수의 비범한 사람으로 나뉜다. 초인은 소수의 비범한 사람으로,

선악을 초월해 스스로가 법률이나 다름없는 강력한 존재이다. 그는 초인은 사회적 지위나 도덕적 제약에 얽매이지 않고 고유한 특권을 행사할 수 있으며, 심지어는 사람의 생명을 빼앗을 수도 있다고 생각한다. 그러면서 자신도 남들보다 뛰어난 지성을 가졌으므로 초인이라고 여긴다. 그는 이것을 입증하기 위해 끔찍한 결심을 한다. 전당포의 노파를 죽이기로 한 것이다.

고리대금업자이자 전당포 주인인 노파는 그에게 사회악이었다. 그는 가난한 사람들에게조차 자비가 없는 전당포 노파를 죽이면 주변의 다른 이들이 더 나은 삶을 살게 될 것이라 믿었다. 라스콜니코프는 노파가 집에 혼자 있다는 사실을 알아내고는 살해 도구를 준비해 전당포로 찾아간다. 하지만 완벽한 계획과는 달리 과정은 매끄럽지 못했다. 우연히 범죄 현장을 목격한 리자베타까지 우발적으로 살해하고 만 것이다. 라스콜니코프는 충격을 받은 채 몇 가지 물건과 작은 지갑을 훔쳐 범행 현장을 빠져나왔고, 다행히 누군가에게 발각되지 않고 자신의 방으로 돌아온다.

라스콜니코프는 초인인 자신이 살인 앞에서 흔들리고 있다는 사실에 몹시 괴로워한다. 자신이 그저 평범한 사람일지 모른다는 생각 때문이었다. 지친 라스콜니코프는 정신이 혼미해져 쓰러진다.

다음 날 아침, 라스콜니코프는 경찰서에 불려간다. 노파를 살해한 사실이 발각된 것은 아니고, 밀린 방세 때문이었다. 경찰서에서는 노파 살인 사건에 관한 이야기가 오가고 있었다. 라스콜니코프는 그 이야기를 듣다가 그만 기절해 버린다. 그의 이러한 행동은 오히려 경찰서 사람들의 의심을 사게 되고, 라스콜니코프는 매우 초조해한다.

어느 날, 라스콜니코프는 술집에서 우연히 마르멜라도프를 만난다. 마르멜라도프는 알코올 중독에 빠진 퇴역 관리인데, 그에게는 소냐라는 딸이 있었다. 소냐는 가난한 가족을 위해 매춘부 일을 하고 있었으며, 마르멜라도프는 희생을 감수한 딸 소냐를 안타깝게 여겼다.

그런데 만취한 마르멜라도프가 마차에 치이는 사고가 일어난다. 우연히 사고 현장에 있었던 라스콜니코프는 그를 집으로 데려다준 뒤 임종을 지킨다. 이를 계기로 라스콜니코프는 소냐를 알게 되고, 그녀의 순수한 영혼에 마음이 끌린다.

그러던 어느 날, 라스콜니코프는 어머니로부터 편지를 받는다. 편지에는 그의 여동생 두냐가 지주인 스비드리가일로프의 집에서 가정교사로 일하다가 억울하게 쫓겨난 사연과 그녀가 루쥔이라는 사내와 결혼을 약속했다는 내용이 담겨 있었다. 라스콜니코프는 두냐가 자신과 어머니를 위해 희생하려 한다는 사실과 루쥔이 악랄한 속내를 가진 사람이라는 것을 간파한다. 그는 두냐에게 루쥔과 헤어지라고 말하지만, 두냐는 자신이 결혼하려는 이유를 강하게 호소한다. 라스콜니코프는 궁핍한 자신의 현실을 돌아보며 상념에 젖어 거리를 헤맨다.

얼마 뒤 두냐는 결혼을 위해 어머니와 함께 상트페테르부르크에 도착하고, 루쥔과 라스콜니코프가 만나는 자리가 마련된다. 둘은 대화를 하면 할수록 서로를 마음에 들어 하지 않는다. 라스콜니코프는 결혼을 더욱 반대했고, 루쥔도 두냐에게 오빠와의 관계를 끊어야 결혼할 것이라는 속내를 내비친다. 그 과정에서 두냐는 루쥔의 속물근성을 알게 되어 결별을 고한다. 이후 두냐는 오빠의 친구인 라주미힌과 가까운 사이가 된다.

한편, 라스콜니코프는 살인을 저지른 이상 자신이 더는 평범한 삶을 살 수 없다는 사실을 깨닫고 소냐를 찾아간다. 그러고는 비참한 현실을 극복하기 위해 신앙에 의지하는 소냐에게 다음번 만날 때는 리자베타를 살해한 범인이 누구인지 알려주겠다고 말한다. 이후 소냐를 다시 만난 그는 약속대로 리자베타와 전당포 노파를 죽인 범인이 자신이라고 자백한다. 그리고 자신을 이해하지 못하는 소냐에게 범죄 동기와 자신의 사상을 설명하기 위해 애쓴다. 하지만 소냐는 그가 속죄하고 경찰에 자수하기를 권한다.

이때 전당포 노파 살인 사건을 맡은 수사반장 포르피리는 라스콜니코프를 살해 용의자로 의심하고 있었는데, 그가 쓴 초인 이론과 관련된 논문을 읽게 된다. 논문은 그의 사상을 그대로 담고 있었고, 포르피리는 라스콜니코프를 범인으로 확신한다. 하지만 증거가 없었다. 범행을 입증할 수 있는 유일한 방법은 자백뿐이었다.

그즈음 두냐를 괴롭혔던 지주 스비드리가일로프가 그녀를 다시 유혹하기 위해 상트페테르부르크를 찾아오는데, 우연히 라스콜니코프와 소냐가 전당포 노파 살인 사건에 관해 이야기하는 것을 옆방에서 엿듣게 된다. 그는 라스콜니코프의 사상이 자기의 생각과 비슷하다고 느껴 그를 친근하게 대하기 시작한다. 또 두냐를 설득할 수 있게 도와달라는 제안까지 한다. 하지만 라스콜니코프는 이를 거절한다.

포르피리는 여전히 라스콜니코프가 범인이라는 물증을 찾지 못했지만 그에게 찾아가 자수를 제안한다. 그리고 자수한다면 가난과 병으로 인한 우발적인 범행이었을 뿐 계획된 것이 아니라고 변론해 형량을 깎을 수 있게 도와주겠다고 말한다. 라스콜니코프는 선택의 갈림길에서 소냐의 격려와 포르피리의 설득으로 결국 자수하게 된다. 포르피리는 약속대로 라스콜니코프에게 유리한 정황을 만들어주었고, 또 라스콜니코프의 선행이 알려지면서 무거운 죄에 비해서는 가벼운 8년형을 선고받는다. 소냐도 가족의 생계 문제가 해결되면서 라스콜니코프를 따라 시베리아로 떠나 그의 감옥살이를 수발한다.

그러나 라스콜니코프는 여전히 자신의 죄를 뉘우치거나 깨닫지 못한다. 다만, 자신이 초인이 아니라 평범한 사람이라는 생각으로 괴로워한다. 그런 그를 소냐는 정성을 다해 지극한 사랑으로 대한다. 소냐의 마음과 그녀가 건넨 《성서》를 통해 라스콜니코프는 마침내 조금씩 변화한다. 자신이 저지른 잘못을 깨닫기 시작한 것이다. 그러면서 진정한 구원과 도덕적 재생이 시작되며 소설은 마무리된다.

② 등장인물

라스콜니코프

이 소설의 주인공으로, 독자에게 심리적 고뇌와 윤리적 문제에 대한 질문을 던지는 역할을 한다. 그의 생각과 사상을 천천히 따라가다 보면 독자들도 다양한 고민에 놓이게 된다.

그의 성격은 매우 복잡하다. 차갑고 무관심하며 반사회적이지만, 다른 한편으로는 놀라울 정도로 따뜻하고 동정심이 많은 인물이다. 형제 중에서는 가장 이성적인 사고와 확고한 태도를 지니고 있으나, 그의 이성적 행동이 종종 불안정한 감정과 대립한다.

> 가난한 사람들의 피를 빨아먹는 고리대금업자 노파를 죽인 게, 그게 죄라고? 나는 그렇게 생각하지 않아.

라스콜니코프는 다른 사람들의 삶을 힘겹게 하는 전당포의 노파를 죽이는 것은 비범한 초인이 대의명분을 위해 행하는 일이므로 죄가 되지 않는다고 생각한다. 하지만 가치관이 다르다는 이유로 사람을 죽이는 것이 정당화될 수 있는지에 대한 질문을 독자에게 끊임없이 던지면서, 결국 그것이 죄라는 것을 인정하게 된다.

마르멜라도프

마르멜라도프는 라스콜니코프가 선술집에서 만난 가난한 알코올 중독자이다. 그는 직업도 없고, 아내는 병들었으며, 어린 자녀가 셋이나 있다. 라스콜니코프가 술집에서 본 그는 이미 쉰 살이 넘은 듯했고, 다부진 몸집에 희끗희끗 센 머리가 벗겨진 모습이었다. 또 얼굴과 눈두덩이는 잔뜩 부어올라 있었으며 안색은 푸르뎅뎅했다.

그는 전 부인과의 사이에서 낳은 딸 소냐가 열네 살이 되었을 무렵 까쩨리나 이바노브나와 재혼한다. 재혼 후 1년 동안 남편과 아버지로서의 책임을 다하던 그는 자신이 더 이상 아내를 만족시킬 수 없음을 깨닫는다. 게다가 직장까지 잃게 되면서 결국 술에 의지하는 삶을 살아가게 된다. 집에 있는 모든 물건을 팔아 술을 마실 정도로 중독되고 만 그는 그럼에도 아내가 자신을 불쌍히 여겨주기를 바라며 이해와 위로를 갈구한다.

가난은 죄가 아니라는 말은 진실입니다. 그러나 빌어먹어야 할 정도로 가난한 것은, 그런 극빈은 죄악입니다. 그저 가난하다면 타고난 고결한 성품을 그래도 지킬 수 있습니다. 그러나 극빈 상태에 이르면, 그를 몽둥이로 쫓아내지도 않습니다. 아예 빗자루로 인간이라는 무리에서 쓸어내 버리지요. 그렇게 함으로써 더 모욕을 느끼라고 말입니다. 극빈 상태에 이르면 자기가 먼저 자신을 모욕하려 드니까요. 그래서 술집이 있는 겁니다.

소냐

마르멜라도프의 딸로, 키가 작고 야위었지만 푸른 눈과 금발을 가진 예쁘고 부끄럼 많은 소녀이다. 새어머니의 모진 구박을 받으며 동생들을 돌보고 살림을 돕다가 아버지의 실직으로 집안 형편이 어려워지자 새어머니의 종용으로 결국 거리로 나가 몸을 팔게 된다. 그러나 가족의 형편을 위해 자신을 희생해야 하는 상황 속에서도 어느 누구 하나 탓하지 않는다. 심지어 라스콜니코프가 자신을 안쓰럽게 여기며 새어머니에 관해 물었을 때도 그녀는 이렇게 답한다.

때렸어요! 그게 어때서요? 그래서 어떻다고요? 그분은 순수해요. 어머니는 정의로운 분이세요.

라스콜니코프는 소냐에게도 죄가 있다고 생각한다. 그럼에도 라스콜니코프는 그녀 내면에 있는 치욕과 저급함이 그와는 정반대인 성스러운 다른 감정들과 섞여 있다고 생각하고, 어떻게 그럴 수 있는지 소냐에게 묻는다. 그러자 소냐는 하느님이 모든 것을 해결해주신다고 답한다. 그녀는 소설의 후반부에서 라스콜니코프가 자백할 수 있도록 이끌어주고, 시베리아 유형지까지 따라가 그를 뒷바라지하며 마침내 죄를 뉘우치고 새로운 삶에 눈뜰 수 있도록 구원하는 인물이다.

두냐

라스콜니코프의 여동생으로, 매우 아름다우며 자신감이 넘치는 여성이다. 또 라스콜니코프가 두냐를 두고 "흑빵과 물만으로 연명해야 한다고 할지라도, 결코 자신의 영혼을 팔 사람이 아니다. 더구나 안락함을 위해서 자신의 도덕적 자유를 팔 아이는 더더욱 아니다."라고 표현하는 것을 볼 때, 의지가 매우 강인한 사람임을 알 수 있다.

그녀는 스비드리가일로프 부부의 집에서 가정교사로 일하게 되는데, 스비드리가일로프의 아내 마르파 뻬뜨로보나는 두냐가 자신의 남편을 유혹했다고 오해해 두냐를 내쫓아 버린다. 게다가 두냐에 대한 이상한 소문까지 퍼뜨리는데, 이로 인해 두냐와 가족의 형편이 어려워진다. 이때 스비드리가일로프의 도움으로 오해를 푸는 과정에서 그녀는 자신보다 나이가 두 배나 많은 루쥔과 약혼까지 하게 된다.

라스콜니코프가 없는 3년간 모녀는 매우 빈곤한 환경 속에서 어렵게 살았기 때문에, 두냐는 루쥔이 자신을 존중해 주기만 한다면 다른 것들은 다 견딜 수 있다는 마음으로 결혼을 결심한다. 라스콜니코프가 그녀의 결혼 동기에 의문을 갖고 결혼을 반대하자 오빠에게 화를 내기도 한다. 그러나 결국 루쥔의 본모습을 알게 된 두냐는 파혼을 결정하고, 이후 라스콜니코프의 친구인 라주미힌과 결혼한다.

오빠, 뭔가 오해가 있는 것 같아요. 밤새도록 생각하면서 잘못된 점을 찾아보았어요. 문제는 오빠가 나를 '누군가를 위해서 누군가에게 희생하는 사람'으로 생각하는 데 있는 것 같아요. 그런데 그게 아니에요. 내가 그냥 힘들어서 나 자신을 위해서 시집을 가겠다는 거예요. 그리고 물론 가족에게 도움이 되면 좋겠지요. 하지만 그것이 내 결정의 가장 중요한 동기는 아니에요. 두 가지의 악 중에서 그래도 덜 악한 쪽이니까 결혼하겠어요.

라주미힌

라스콜니코프의 친구이며 휴학 중인 법대생으로, 후에 두냐와 결혼한다. 라스콜니코프의 지성과 성품에 감탄해 항상 그를 지지하며, 라스콜니코프를 향한 다른 사람의 의심을 믿지 않는다. 쾌활하고 선량하며 깊이와 품위를 갖춘 청년으로, 작품 속에서 도스토옙스키가 가장 긍정적으로 묘사한 인물이다.

라주미힌과 그는 어째서인지 마음이 통했다. 아니, 마음이 통했다기보다는 라스콜니코프가 그에게 좀 더 친밀하게 굴고 솔직하게 대했다고 하는 편이 맞았다. 그러나 라주미힌과 다른 관계를 맺는다는 것은 불가능한 일이기도 했다. 이 청년은 보기 드물게 쾌활하고 사교적이며, 단순할 정도로 착한 사람이었다. 그렇지만 이 단순함 뒤에는 깊이와 품위가 숨겨져 있었다.

스비드리가일로프

타락하고 부유한 두냐의 전 고용주이다. 라스콜니코프가 소냐에게 자신이 살인 사건의 범인임을 밝히는 것을 엿듣고 이를 이용해 라스콜니코프를 괴롭히지만, 경찰에 신고하지는 않는다. 소냐와 달리 심리적 수단을 통해 변덕스러운 라스콜니코프를 혼란시키고 자극해 자수를 유도한다.

루쥔

두냐와 약혼했던 부유한 변호사로, 라스콜니코프에게 앙심을 품고 소냐를 도둑으로 몰아세워 복수하려 한 인물이다.

포르피리

전당포 노파와 리자베타의 살인 사건을 담당한 수사부장이다. 그는 처음부터 라스콜니코프가 범인임을 직감한다. 소냐가 라스콜니코프에게 종교적 차원에서 자수를 권유했던 것과는 달리 포르피리는 법적 차원에서 라스콜니코프를 설득한다.

2. 예언자가 된 도스토옙스키

1860년대 러시아 사회의 가장 큰 특징은 강도, 살인, 사기, 강간 같은 강력 범죄가 등장했다는 점이다. 그 원인 중 하나는 늘어난 인구였다. 상트페테르부르크 인구는 1850년부터 1890년 말까지 약 반세기 동안 50만 명에서 126만 명으로 크게 늘었다. 농노해방과 함께 수많은 사람이 도시로 밀려들었기 때문이다. 그러자 뒷골목에는 선술집, 싸구려 셋집, 전당포 등이 빼곡하게 들어서기 시작했고, 그러면서 뒷골목 문화의 팽창과 함께 범죄도 폭증하게 되었다. 이 작품에서는 이러한 시대적 모습이 잘 드러난다.

1866년 1월부터 《러시아 통보》에 기고되어 연재된 《죄와 벌》이 뜻밖의 혜택을 받게 되는 사건이 있었는데, 바로 1866년 1월 12일 모스크바에서 일어난 '다닐로프 사건'이다. 대학 휴학생인 다닐로프가 고리대금업자인 포포프와 그의 하인을 칼로 잔혹하게 찔러 살해하고 금품을 강탈한 사건이었다. 이 사건은 《죄와 벌》의 내용과 꽤 유사했고, 그가 원고를 넘긴 시점이 다닐로프가 범죄를 저지르기 전이라는 놀라운 우연 때문에 독자들의 호기심과 관심을 끌었다. 도스토옙스키가 마치 그 사건을 예고한 예언자처럼 된 것이다. 물론 다닐로프 사건과 《죄와 벌》의 내용은 다른 점이 더 많았지만, 대중에게는 가십거리가 생겼다는 사실이 더 중요했다. 이로 인해 구독자가 크게 늘면서 《죄와 벌》은 《러시아 통보》의 간판이 되었다.

이후 《죄와 벌》이 연재 중이던 1866년 4월 4일, 모스크바대학교를 중퇴한 카라코조프라는 사람이 여름정원 입구에서 황제를 향해 권총을 쏘는 사건이 벌어진다. 총알은 빗나갔고, 카라코조프는 현장에서 체포되었다. 이 사건을 계기로 《죄와 벌》에 대한 관심은 더욱 증폭되었다. 카라코조프와 소설 속 주인공 라스콜니코프가 모두 휴학생이라는 점, 두 사람 모두 급진적 사상을 가졌다는 점에 사람들은 흥분했다. 그리고 도스토옙스키는 이 소설로 최고의 자리에 오르게 되었다.

하지만 도스토옙스키가 최고의 자리에 오른 것은 단순히 이런 우연 때문만은 아니었다. 원래 그는 돈 때문에 서둘러 글을 썼기에, 제대로 원고를 다듬지 않는 편이었다. 하지만 《죄와 벌》을 쓸 때만큼은 자신의 글에 엄격한 잣대를 들이댔고, 조금이라도 미흡한 부분이 있으면 가차 없이 다시 썼다. 어쨌든 도스토옙스키의 결정적 한 방을 위한 준비와 다닐로프 사건으로 촉발된 독자의 호응이 맞물리면서 그는 범죄소설의 새로운 장을 열게 되었다.

3. 정의와 초인 사상

《죄와 벌》의 핵심 사건은 라스콜니코프가 전당포 노파를 살해한 것이다. 그가 거주하는 슬럼 지역에는 조그마한 전당포가 있었고, 그 전당포의 주인은 인색하기로 악명 높은 노파였다. 노파는 빈곤에 찌든 서민들이 가져오는 물건을 저당 잡아 푼돈을 빌려주고는 과한 이자를 매겼다. 게다가 빌린 돈을 하루만 늦게 갚아도 저당 잡은 물건을 가차 없이 처분해 버렸다. 노파는 이런 방법으로 엄청 난 돈을 모았다.

그런 노파를 보며 라스콜니코프는 생각했다. '젊고 똑똑한 사람 들은 곤궁하게 살고, 사악하고 인색한 노파 같은 사람은 부를 얻는 것이 과연 정의인가? 차라리 노파를 죽인 다음 그가 가진 돈을 빼 앗아 불쌍한 사람들을 도와주면 어떨까?' 이것이 라스콜니코프가 살인을 계획하게 된 출발점이다.

악랄한 노파 한 사람을 죽이면 수천 명이 살 수 있다는 라스콜니 코프의 생각. 힘들게 사는 사람들을 돕기 위해 나쁜 사람을 희생시 켜도 된다는 그 생각은 과연 정의라고 할 수 있을까?

'정의'라는 단어의 사전적 의미는 '진리에 맞는 올바른 도리' 또 는 '바른 의의'를 뜻한다. 하지만 이 단어가 함축하는 뜻은 사전적 의미보다 훨씬 더 크고 복잡하다. 유명한 철학자들도 저마다 정 의(正義)에 대해 정의(定義)하는 내용이 다르고, 2014년에 출간된 《정의란 무엇인가》라는 책은 여전히 스테디셀러이다. 우리는 정의 가 무엇인지 답을 내리기 어려워하고, 그것을 알고 싶어 하는 갈망 을 지니고 있다.

인간이란 존재는 멍청해서 모두가 똑똑해지는 날은 절대로 오지 않 아. 그러니까 그들을 계몽할 필요가 없지. 이것이야말로 인간의 법칙이라고! 두뇌와 정신이 확고한 강한 인간이 그들 위에 설 수 있는 지배자가 되는 거야. 많은 것에 침을 내뱉을 수 있는 자가 인간의 입법자가 되는 거야. 지금까지도 그랬고, 앞으로도 영원히 그럴 거야. 오직 맹인만이 그것을 분별하지 못할 뿐이야! 나는 그때 깨달았어. 권력이란 다만 그것을 실행하는 사람에게 주어지는 것이라고. 그러자 갑자기 모든 게 태양처럼 명백해졌어.

라스콜니코프는 평범한 인간들과는 분명히 구별되는 소수의 비범한 존재가 있다고 믿었고, 그러한 자가 세상을 지배할 수 있는 힘을 지닌다고 생각했다. 그는 자신도 그러한 힘을 지녔다고 여겼고, 결국 그 생각이 살인으로까지 이어진다.

하지만 그것은 라스콜니코프 개인의 생각일 뿐이었다. 사회적으로 통용되거나 구성원들이 인정하는 가치가 아니었다. 여기서 우리는 정의란 사회 구성원들에 의해 확립되는 것임을 알 수 있다. 정의를 개인적 차원에서 판단한다면 반드시 오류가 생길 수밖에 없다. 사람마다 가치관은 모두 달라서, 나에게 정의인 것이 타인에게는 그렇지 않을 수 있기 때문이다.

사람들은 저마다 자신만의 가치관과 세계관을 가지고 살아간다. 그 가치관은 타인의 가치관과 비교하면서 흔들리기도 하고, 또 다양한 사회적 경험을 통해 확장되기도 한다. 그렇게 만들어진 가치관은 자아를 구성하는 중요한 요소로 작용한다. 결국 인간이 한

발짝 더 나은 인격체로 나아가려면 자신과 타인 간의 이질성을 꾸준히 들여다보고 성찰하는 과정이 필요한 것이다.

따라서 《죄와 벌》의 초인 사상과 라스콜니코프의 살인은 우리에게 다음과 같은 질문들을 던지고 생각하게 만든다는 점에서 의의를 지닌다.

- 개인이 지닌 가치관과 사회의 규범이 다를 때 어떻게 해야 할까?
- 나의 가치관대로 특정 행동을 선택했는데 그것이 범법이라면, 과연 정당화될 수 있을까?
- 정의란 무엇인가?

도스토옙스키는 이러한 질문에 대한 답을 찾기 위해 라스콜니코프를 고민하게 하고, 고통받게 하고, 변화하게 했다. 라스콜니코프는 살인 계획을 세울 때만 해도 확신에 차 있었다. 하지만 살인을 저지르고 나서는 고독감, 소외감, 자괴감 등으로 고통스러워한다. 살인 과정에서 가난하고 무기력한 지적장애인 리자베타까지 죽게 된 일 때문에 더욱 그러했다. 이후 소냐와의 대화를 통해 그는 초인 사상이 잘못되었음을 깨닫고 인식이 바뀌게 된다. 우리는 라스콜니코프의 생각과 감정이 변화하는 모습을 보면서, 정의처럼 보였던 라스콜니코프의 살인이 결국 '죄'일 수밖에 없다는 진실을 발견하게 된다.

하지만 내가 권력을 가질 권리가 있는지 없는지 수없이 자문하고 망설인 걸 보면, 그것은 곧 권력을 가질 권리가 없다는 증거였어. '나폴레옹 같으면 그런 짓을 했을까 안 했을까?' 하는 문제로 고민하는 걸 보면, 스스로 나폴레옹이 아니라는 걸 명확히 느낀 거야. 그래서 괴로웠어. 그리고 이제는 그만 괴롭고 싶었어. 이 모든 걸 떨쳐버리고 싶었어. 그저 무작정 죽이고 싶었던 거야. 나 자신을 위해서 죽이고 싶었던 거야. 나는 어머니를 위해 그녀를 죽인 게 아니야. 천만에! 돈과 권력을 손에 넣으려고 죽인 것도 아니야! 나는 그저 죽였을 뿐이야. 나를 위해서 죽인 거야. 나는 알고 싶었어. 내가 남들과 같은 인간이냐, 아니면 권력을 쥘 자격이 있는 인간이냐? 그것을 알고 싶었어. 결국 나 또한 평범한 인간이었던 거지. 그런 짓을 할 권리가 없었어.

라스콜니코프는 결국 자신이 저지른 살인의 명분이 정의가 아니었음을 알게 된다. 그는 자신이 보통 사람의 도덕을 뛰어넘는 초인임을 입증하고 내면의 권력 의지를 실현하고 싶었기에 살인을 한 것이다. 그 정의는 죄가 되었고, 시베리아 유형이라는 벌로 돌아왔다. 하지만 라스콜니코프에게 놓인 진정한 벌은 따로 있다. 바로 자신이 평범한 사람일 뿐이라는 사실을 알게 된 데서 오는 심리적 고통, 그리고 살인자가 되어버려 소냐와의 평범한 삶을 꿈꿀 자격을 잃었다는 괴로움이다. 그 안에서 라스콜니코프는 비로소 자신의 죄를 뼈저리게 깨달았을 것이다.

4. 무엇이 죄인가

러시아 단어 '범죄(prestuplenie)'는 '넘어가다(prestupit)'에서 파생된 말이다. 넘어서는 안 되는 어떤 선을 넘었다는 뜻이다. 라스콜니코프뿐만 아니라 이 소설에 등장하는 인물들은 나름의 신념과 욕망에 따라 행동하다가 넘어서는 안 되는 선을 넘는다. 그리고 그 죄에는 벌이 따른다.

소냐는 가족을 위한 자기희생을 당연한 것으로 여겨 매춘부가 되기를 선택했다. 대신 자신을 돌보지 못하는 삶을 살아야 했다. 스비드리가일로프는 두냐에 대한 욕망으로 그녀를 괴롭혔고, 결국 자살로 생을 마감한다. 루쥔은 두냐를 장식품 같은 존재로 여겼고, 결국 파혼하여 주변 사람들에게 실망을 안긴다. 이처럼 소설 속 인물들에게는 각자의 죄와 벌이 있다. 이를 보면 '죄는 어긋난 욕망에서 시작되는 것이 아닌가?'라는 생각을 하게 된다.

그러나 소냐의 경우는 스비드리가일로프나 루쥔과는 분명 다르다. 그녀의 욕망은 가족을 위한 것, 다시 말해 타인의 안위였다. 알코올 중독자이면서 실업자인 아버지와 가족들을 먹여 살리기 위해 거리로 나설 결심을 한 것이기 때문이다. 이러한 소냐의 선택을 다른 인물들과 같은 무게의 죄라고 말할 수 있을까? 라스콜니코프의 여동생 두냐도 마찬가지이다. 그녀는 스비드리가일로프로부터 벗어나 차악이라고 생각한 루쥔과의 결혼을 결심하게 되는데, 거기에는 어머니와 오빠의 형편을 걱정하는 마음이 있었다. 소냐와 두냐 모두 자신의 희생으로 가족이나 다른 사람들이 더 나은 삶을 살길 바라며 그러한 결정을 내린 것이다. 그래서 이 두 사람을 마냥 손가락질하기는 어렵다.

하지만 그렇다고 그들의 행동을 선(善)이라 확언하기도 쉽지 않다. 도스토옙스키 또한 그럼에도 불구하고 그들에게 죄가 있다고 말하는 듯 느껴진다. 아마 그는 우리에게 자신을 돌보지 않는 것, 자신보다 타인을 중요하게 여기는 것은 곧 스스로를 소중히 하기 위해 지켜야 할 선을 넘는 죄가 될 수 있음을 말하고 싶었던 것이 아닐까 싶다.

좋은 사람들은 때때로 타인을 위해 자신을 희생하고 있다는 사실을 자각하지 못할 때가 있다. 그때 앞서 언급한 러시아 단어 '범죄(prestuplenie)'의 어원 '넘어가다(prestupit)'를 한번 떠올려 보자. 내 선택이 혹시나 나 자신을 해치고 있는 것은 아닌지 되돌아보는 것이다. 선한 마음이 자신에 대한 폭력이 되지 않도록 스스로를 돌보고 보호하는 것 역시 중요한 일임을 기억해야 할 것이다.

5. 가장 낮은 곳에서 피어오르는 희망

소냐는 가족을 먹여 살리기 위해 어쩔 수 없이 거리로 나가 매춘부가 되지만, 동시에 그리스도교 신앙에 기대어 살아가는 인물이다. 당대 독자들은 하필이면 매춘부 여성이 구원의 매개로 등장하는 것에 상당한 반감과 의문을 가졌다고 한다. 특히 교회에서는 소냐가 《성서》를 읽어주는 장면을 두고 신성모독이라며 발끈하기도 했다. 하지만 도스토옙스키는 물러나지 않았다. 그는 가장 낮고 비천한 삶을 통해 희망을 말하고 싶었던 것이다.

지금 당장 나가 네거리에 서서 먼저 당신이 더럽힌 대지에 절하고 입을 맞추세요. 그다음 온 세상을 향해 절하고 소리 내어 모든 사람에게 말하세요. "제가 죽였습니다."라고요. 그러면 신께서 또다시 당신에게 새 생명을 보내주실 거예요.

도스토옙스키는 이 소냐의 말 안에 그리스도교에서 말하는 구원의 메시지를 담으려 했을 것이다. 우리는 때때로 자신의 존재를 보잘것없게 느끼거나 하찮게 생각할 때가 있다. 또 각자의 사정에 따라 죄의식과 자괴감을 가지고 살아가기도 한다. 그럴 때 이 추악한 모습까지도 포용하고 이해하며 용서하는 존재가 있을 것이라는 믿음은 삶을 다시 시작할 용기가 되기도 한다. 이것이 곧 소냐가 말한 '새 생명'일 것이다.

또 종교적 관점을 벗어나 생각하더라도 이를 인간의 보편적 감정인 '사랑'으로 읽어낼 수 있다. 라스콜니코프처럼 엄청난 죄를 저지른 사람은 사회 규범에 따라 처벌해야 하지만, 기꺼이 처벌을 받고 회개하는 사람을 용서하고 다시 살 수 있게 하는 것은 우리가 상상할 수 없을 만큼 큰 사랑이어야 가능한 일일 것이다. 하지만 매춘부의 삶을 살아가는 소냐를 통해 볼 수 있듯, 그러한 사랑은 꼭 신과 같은 대단한 존재만 할 수 있는 것이 아니다. 가장 낮은 곳에서 순도 높은 희망이 피어오르는 《죄와 벌》의 결말처럼, 우리도 사랑을 통해 서로를 구원하고 다시 살게 할 수 있다.

　지금까지 도스토옙스키의 《죄와 벌》을 통해서 라스콜니코프라는 인물의 '죄'에 대한 개념이 변화하는 과정을 추적했다. 그 과정에서 정의란 무엇인지에 대해 생각해 보고, 개인의 사유가 정의가 될 수 없는 이유를 살폈다. 또 작품에 등장한 인물들의 죄와 벌을 살피며 자신을 지키지 않는 것 역시 죄가 될 수 있음을 생각해 보았다.
　죄는 각자의 기준에 따라 상대적으로 규정되는 것이 아니라 모두에게 통용되는 보편적이고 절대적인 기준에 의해 규정된다. 죄를 지으면 벌이라는 대가를 치러야 하며, 그 벌로 인해 가장 낮은 곳으로 추락할 수도 있다. 그러나 깨닫고 뉘우친다면, 분명 구원과 변화의 기회가 올 것이다. 그리고 이를 가능하게 하는 것은 결국 사랑의 힘이다.

백야

Белые ночи, 1848

로맨틱. 언뜻 생각하면 도스토옙스키와는 잘 어울리지 않는 단어이다. 하지만 그의 작품 중에는 로맨틱하고 절절한 러브스토리를 담은 소설도 있다. 바로 〈백야〉이다. 〈백야〉는 도스토옙스키가 1848년에 발표한 단편소설로, 그가 젊은 시절에 쓴 잔잔하고 애달픈 연애소설이다. 이 작품은 상트페테르부르크에서 우연히 마주친 남녀의 이루어지지 못한 사랑을 다루고 있는데, 인간에게서 떼어놓을 수 없는 '사랑'과 '고독'이라는 감정에 대해 생각할 거리를 제공한다.

1. 줄거리와 등장인물

① 줄거리

주인공 '나'는 친구도 애인도 가족도 없이 혼자만의 세계에서 고독한 삶을 사는 자칭 몽상가이다. '나'는 외부 세계에 이질감을 느끼고 자신의 내면세계와 상상력에만 의존하며, 사회생활도 전혀 하지 않아 벌이도 거의 없다. 그러나 자신이 살고 있는 도시 상트페테르부르크를 무척 사랑한다.

어느 날 밤, '나'는 저녁 무렵의 황혼빛에 감탄하면서 다리를 건너다가 난간에서 울고 있는 여자(나스첸카)를 발견한다. '나'는 보고도 그냥 지나치는 것이 도리에 어긋난다고 생각해 그녀에게 말을 걸지만, 그녀는 낯선 남자가 다가오자 거리를 둔다. 잠시 뒤 '나'는 그녀가 다른 남성에게 희롱당하는 듯한 장면을 목격하고 도와주게 된다. 이 일로 둘은 서로에게 호감을 느껴 다시 만나기로 약속한다.

그때부터 두 사람은 정해진 시간에 정기적으로 만나며 서로의 사연을 털어놓는다. '나'는 자신이 몽상가적 기질을 지녔으며, 사회적 활동을 거의 하지 않고, 도시를 사랑한다고 말한다. 나스첸카는 자신에게 결혼을 약속한 연인이 있었고 1년 뒤 다리 위에서 만나기로 했지만, 그가 나타나지 않아 슬퍼하고 있다는 이야기를 들려준다. '나'는 나스첸카를 위로하며 마음을 나누게 되고, 결국 애틋한 감정이 싹트게 된다. 나스첸카와의 만남을 통해 '나'는 새로운 활력과 감동을 느낀다. 나'가 느낀 깊은 고독이 그녀와의 만남을 통해 잠시 완화되기도 한다. 결국 둘은 서로의 마음을 확인하고 미래를 함께하기로 약속한다.

"내가 당신에게 하고 싶은 말은, 내가 그 사람을 사랑하고 있다……
아니 사랑했었다는 거예요. 하지만 당신이 나를 사랑하는 마음이 너
무나도 커서 과거의 사랑을 내 마음에서 지울 수 있다고 생각한다면,
만약 나를 측은하게 생각한다면, 나를 아무 위안이나 희망이 없는 운
명 속에 버려두고 싶지 않다면…… 맹세코 내 사랑은 머지않아 당신
에게로 향할 거예요. 당신은 내 손을 잡아줄 수 있나요?"

"나스첸카!"

나는 벅찬 감동과 희열에 휩싸여 그녀의 이름을 불렀다.

하지만 어느 날, '나'의 사랑을 받아들인 나스첸카에게 전 연인
이 나타난다. 그녀는 옛사랑이 나타나자마자 그에게 달려가 버린
다. 이에 '나'는 허망해하며 집에 다시 틀어박힌다.

얼마 뒤, 나스첸카는 '자신이 결혼하게 됐다는 사실을 알린다.
그런데 그녀는 '나'에게 앞으로도 자신을 계속 사랑해 달라는 부탁
을 한다.

"제발 나를 사랑해 줘요. 나를 버리지 말아요. 나는 지금도 이렇게 당
신을 사랑하고 있고, 그럴 만한 가치가 있다고 생각해요. 내가 당신의
사랑에 보답할게요. 나는 다음 주에 그 사람과 결혼해요. 그 사람이
나를 다시 사랑하게 됐어요. 그는 나를 잊었던 게 아니에요. 그와 함
께 당신을 만나고 싶어요. 당신도 틀림없이 그 사람을 좋아하게 될 거

예요. 제발 우리 두 사람을 용서해 주세요. 언제까지나 잊지 말고 이 불쌍한 나스첸카를 사랑해 주세요."

이런 상황에서 '나'는 마치 대인배가 된 것처럼 나스첸카의 결혼을 축복하는 말을 장황하게 쏟아낸다.

"사랑하는 나스첸카! 내 마음을 의심하지 말아요. 당신 마음속의 하늘이 언제까지나 높고 푸르기를, 당신의 아름다운 미소가 언제까지나 편안하기를, 그리고 더없는 기쁨과 행복의 순간에 하느님의 은총이 함께하기를……."

'나'는 나스첸카의 행복을 위해 그녀를 보내주고, 그것이 진정한 사랑이라 믿는다. 그리고 그녀를 사랑하는 것이 자신을 더 완전한 사람으로 만들어주었다는 사실을 깨닫는다.

② 등장인물

주인공(나)

스스로를 몽상가라 칭하는 인물이다. 여기서 몽상가란 '자신의 삶을 매 순간 내키는 대로 새롭게 창조해 가는 예술가'라는 뜻이다. 평생 고독 속에서 몽상만 하며 사회와 교류하지 않고 지내다가 우연히 만난 나스첸카와 사랑에 빠지게 된다.

나스첸카

오랜 시간 다리 위에서 옛 연인을 기다리던 여자. 우연히 '나'를 만나 애틋한 감정을 느끼게 되어 사랑을 약속하지만, 옛 연인이 돌아오자 바로 그에게 달려가고 만다. 그러면서 '나'에게 자신을 계속 사랑해 달라고 부탁한다.

2. 상트페테르부르크의 밤

아름다운 밤이었다. 젊기에 누릴 수 있는 그런 밤이었다. 친애하는 독자 여러분! 이토록 별빛이 영롱하고 찬란한 밤하늘을 올려다보면 나도 모르게 이렇게 스스로에게 묻게 된다. 이런 하늘 아래 정말로 변덕쟁이들과 심술쟁이들이 존재할 수 있는 것일까?

소설의 첫 대목이다. 우리가 알고 있는 밤과는 다르게, 상트페테르부르크의 백야는 찬란하고 영롱하다.

백야는 북유럽에서 여름에 나타나는 기후 현상으로, 태양이 지평선 아래로 내려가지 않아 밤이 초저녁처럼 환해서 붙여진 이름이다. 상트페테르부르크에서는 5월 말부터 7월 초까지가 백야 기간이다. 러시아 사람들에게는 늘 햇살과 온기가 아쉽기 때문에, 온종일 빛을 느낄 수 있는 백야 기간은 그들에게 선물과도 같다. 이를 축하하기 위해 상트페테르부르크에서는 해마다 백야 축제를 연다. 그렇게 아름답고 반가운 밤에 '나'는 이런 생각을 한다.

갑자기 모든 사람이 외로운 나를 외면하고 나에게서 떠나가고 있다는 생각이 들었다.

'밤'이라는 시간적 배경은 문학 작품에서 중요한 역할을 하는 경우가 많다. 고요하고 평온한 장면을 만들어내기도 하고, 어둡고 절망적인 분위기를 조성하기도 한다. 하지만 〈백야〉의 밤은 다르다. 말 그대로 어둡지 않은 '백야'이기 때문이다. 모두가 기뻐하며 환영하는 백야에, '나'의 외로움은 더욱 크게 다가온다. 사람들도, 밤도 자신을 외면하는 것처럼 느껴서이다.

하지만 사랑에 빠지는 순간부터 '백야'라는 배경은 낭만과 찬란함으로 바뀌게 된다. 하얀 밤은 그들의 사랑을 아름답게 담아내며, 이 낭만으로 가득 찬 밤을 그냥 흘려보낼 수 없을 것 같은 벅찬 기분이 들게 한다.

3. 고독과 사랑의 양면

이 작품을 읽고 나면 고독이 우리를 내적으로 성장하게 할 수도 있음을 깨닫게 된다. 우리는 누구나 인간적 고독을 느끼며 산다. 고독하지 않은 인간은 없다. 그럼에도 살아가면서 '고독하다', '쓸쓸하다', '외롭다'라는 감정이 밀려들 때, 우리는 원래 그러지 않았던 것처럼 허전해한다. 이는 삶에서 자기 자신만큼 중요한 것이 관계이기 때문일 것이다.

'나'는 사회적으로 고립된 존재였으나, 나스첸카를 만난 뒤 관계를 형성하게 된다. 자신만의 세계에서 벗어나 타인과 연결되는 경험을 하게 된 것이다. 하지만 그녀가 떠나면서 다시 고독한 삶으로 돌아간다. 그런데 나스첸카가 떠난 뒤 홀로 남겨진 '나'의 고독은 이전의 고독과는 달리 잔잔하고 평온하게 느껴진다. 그만큼 그의 마음이 단단해졌기 때문일 것이다. '나'는 전과 달리 사랑과 관계를 위해 노력했고, 그 과정의 아름다움을 느끼면서 내적으로 단단한 사람이 되었다.

인간에게 '사랑'은 매우 복잡하고 또 중요한 감정이다. 그러면서도 명확하게 설명하기 어렵다. '사랑'이라는 말은 아름답고 고상하며 고결하게 느껴진다. 하지만 실제로 사랑이 그렇게 아름답기만 한 것은 아니다. 사랑은 시작부터 끝나는 순간까지 예측할 수 없는 일들의 연속이기 때문이다. 또 사랑은 그 크기가 크면 클수록 자신을 나약하게 만들기도 한다. '상대가 나를 좋아하지 않으면 어떡하나?' 하는 두려움, '상대의 사랑이 식어버리면 어쩌나?' 하는 불안 등이 우리를 괴롭게 한다. 그럼에도 우리는 그 모든 것을 '사랑'이라고 부른다.

　이 작품을 통해 도스토옙스키는 사랑이 지닌 다양한 모습을 보여주고 싶었던 듯하다. 〈백야〉에서 사랑은 순수하면서도 애달프고 슬픈 모양으로 나타난다. '자신을 배신하고 절망하게 만든 누군가를 진정으로 축복하는 것이 가능할까? 겉으로는 그렇게 말할 수 있어도, 그 이면에는 미움과 슬픔이 있을 수밖에 없지 않을까?' 하는 생각과 함께 '나'가 나스첸카를 축복하는 장면을 다시 보면, 그의 말들은 무척 아름답지만 동시에 구슬프게 느껴진다.

　그러나 나스첸카, 내가 모욕당한 것을 언제나 기억하리라 생각하는가? 내가 너의 밝고 아늑한 행복에 검은 구름을 드리우리라 생각하는가? 심한 비난의 말을 퍼부어 너의 가슴에 슬픔을 주고, 비밀스러운 가책으로 너의 마음에 상처를 입히며, 행복한 순간에도 우울한 생각으로 가슴을 두근거리게 하리라 생각하는가? 네가 그와 함께 제단을 향해 걸어갈 때 너의 검은 곱슬머리에 꽂은 그 부드러운 꽃 가운데 단 하나라도 짓뭉개 놓을 것이라 생각하는가?

　결코, 결코 그런 일은 없을 것이다. 너의 하늘이 맑게 개기를, 너의 사랑스러운 미소가 밝고 평화롭기를, 그리고 감사함으로 가득한 어떤 외로운 가슴에 네가 심어준 행복과 기쁨의 순간에 대해 축복받기를! 아, 하느님! 더없는 기쁨의 순간이여! 인간의 일생에 있어서 그것만으로 부족함이 없지 아니한가……

이 대목을 읽고 나면 누구나 '나'의 축복이 과연 진심인지 의심할 것이다. 이별을 받아들이는 '나'의 태도는 언뜻 치기로 보이기도 한다. 자신과 사랑을 약속한 여자가 전 연인을 선택한 것만으로도 형언할 수 없는 배신감을 느낄 텐데, 당당하게 자신을 계속 사랑해 달라고까지 요구하는 걸 들으면 말 그대로 '모욕'을 당한 기분일 테니까 말이다.

나스첸카는 '나'에게 잠시나마 기쁨과 행복을 알려준 사람이었다. 그러한 사람이 떠난다고 하니 '나'에게는 자연히 증오나 절망 같은 감정이 밀려들었을 것이다. 이때 '나'가 할 수 있는 선택은 두 가지이다. 그 사람을 원망하는 것, 아니면 그 사람의 선택까지도 사랑하는 것. 전자가 일반적인 사람들이 느끼는 자연스러운 반응이라면, 후자는 더 높은 차원의 인간이 할 수 있는 일이다. '나'는 후자의 모습을 보여줌으로써 인간적 절망으로부터 자신을 구원하고 더 나은 인간으로 한 단계 성장한 것이다.

이형기의 시 〈낙화〉는 '가야 할 때가 언제인가를 분명히 알고 가는 이의 뒷모습'이 지닌 아름다움을 언급하며 시를 시작한다. 〈백야〉의 '나'는 '격정을 인내하고 결별이 이룩하는 축복에 싸여' 마침내 '가야 할 때'를 알고 '섬세한 이별의 손길'을 흔드는 〈낙화〉 속 화자의 모습과 겹쳐 보인다.

'나'의 머리 위로 비치는 백야의 태양 빛은 따사롭다. 그의 사랑과 결별이 슬픈 축복과 함께 성숙으로 나아가는 것만 같다. 비록 잠시였다 하더라도 고독에서 벗어나는 기적을 만들어준 상대방을 지지하고 언제나 행복하길 바라는 마음. 그런 사랑은 우리를 아프게 하고 또 자라게 한다.

✦

카라마조프가의 형제들

Братья Карамазовы, 1880

《카라마조프가의 형제들》은 도스토옙스키가 생애 마지막으로 선보인 장편소설이다. 3년에 걸쳐 쓴 이 작품은 방대한 분량과 함께 복잡한 인간 심리에 관한 도스토옙스키의 탐구를 집대성한 명작으로 평가받는다. 미국의 소설가 커트 보니것은 "인생에 대해 알아야 할 것들은 모두《카라마조프가의 형제들》안에 있다."라고 말하기도 했다.

《카라마조프가의 형제들》은 두 명의 아내를 두고도 문란한 생활을 하는 아버지, 아버지와 삼각관계가 되는 드미트리, 아버지를 무참히 살해하는 스메르쟈코프, 아버지의 죽음을 바랐던 이반이 돈, 치정, 살인 등으로 얽히면서 전개되는, 소위 '막장 드라마' 뺨치는 이야기를 통해 모순적이고 심오한 인간의 본질을 드러내는 작품이다. 흥미진진하게 읽히면서도 '선과 악', '신과 인간', '죄와 속죄' 등 인간에게 놓인 근본적인 문제를 탐구할 수 있다는 의미를 지니고 있다.

1. 줄거리와 등장인물

① 줄거리

《카라마조프가의 형제들》은 카라마조프가의 세 형제인 드미트리, 이반, 알렉세이와 그들의 아버지 표도르 사이에서 일어난 친부 살인이라는 충격적인 사건을 통해 이야기가 전개된다. 표도르가 살해되고 재판이 진행되며 사건의 실마리가 밝혀지는 과정에서 형제들의 심리 상태와 사상을 엿볼 수 있다.

소설은 아버지 표도르 파블로비치 카라마조프에 대한 소개로 시작된다. 표도르는 러시아의 한 작은 마을에 사는 지주이다. 그는 부자이지만 음탕하고 사악하며 이기적인 성격을 지녔다. 그는 아젤라이다 이바노브나 미우소바와 결혼해 드미트리를 낳았는데, 그녀는 방탕한 남편과 심하게 갈등하다가 드미트리가 세 살이 되었을 때 아들을 버리고 집을 나간다. 이후 표도르는 소피아 이바노브나와 결혼해 이반과 알렉세이를 낳는다.

무책임한 표도르는 세 아들을 얻는 동안 양육을 전적으로 남의 손에 맡겨놓고 주색잡기를 일삼으며 살았다. 이런 아버지를 닮은 것인지, 첫째 아들 드미트리는 과격하고 색욕이 강하며 인내심이라고는 눈곱만큼도 없는 난봉꾼으로 자랐다. 반면 둘째 아들 이반은 자부심이 강하고 신중한 과학도로, 뛰어난 지성을 지니고 있었다. 이렇듯 전혀 다른 두 아들의 공통점은 아버지를 몹시 혐오한다는 것이었다. 한편 셋째 아들 알렉세이는 인근 수도원에서 수도사의 길을 걷고 있었다.

어느 날 드미트리는 어머니가 자신에게 남긴 유산을 아버지에게 모조리 빼앗기게 될 상황이라는 것을 알고 아버지를 찾아가는데, 거기서 아버지가 탐내는 여인 그루센카에게 반하게 되어 자신의 약혼녀인 카체리나를 버린다. 하지만 아버지 역시 그루센카에게 반했기 때문에 돈으로 그녀를 가지려 한다. 이후 그녀를 얻기 위해 아들과 아버지는 격한 갈등을 겪는다.

한편, 형과 아버지 사이를 중재하러 온 둘째 아들 이반은 카체리나와 사랑에 빠지게 된다. 드미트리는 카체리나와 결별하고 그루센카와 결혼하고 싶어 했지만, 아버지는 오히려 그런 드미트리를 조롱한다.

어느 날, 그루센카가 보이지 않자 드미트리는 그녀가 아버지와 함께 있을 것이라는 생각에 분노를 느껴 아버지를 찾아 나선다. 밤이 되자 드미트리는 몰래 아버지의 집에 침입한다. 이때 표도르의 집사인 그레고리 영감이 잠에서 깨어난다. 집에 괴한이 침입했다고 생각한 그는 드미트리의 발을 붙잡고, 놀란 드미트리는 절굿공이로 그의 머리를 내리치고 도망간다. 그레고리는 죽지 않았지만, 다음 날 표도르가 살해당한 채 발견된다. 그리고 그가 그루센카를 위해 마련해 두었던 3천 루블도 함께 사라졌다. 그러자 평소 툭하면 아버지의 머리통을 부숴버리겠다고 말했던 정황, 아버지에게 유산을 내놓으라고 닦달했던 일, 그리고 집에 침입한 증거 등으로 드미트리가 아버지를 살해한 범인으로 의심받게 되고, 결국 그는 체포된다. 드미트리는 재판에서 아버지를 살해한 건 자신이 아니라며 결백을 주장한다. 그루센카와 알렉세이도 그의 결백을 증언해 준다.

사건 현장에는 표도르만 있었던 것은 아니었다. 그의 집에는 스메르쟈코프라는 요리사가 함께 살고 있었는데, 그는 표도르가 동네 백치 여자와 장난삼아 관계를 맺어 얻은 사생아로 추정되는 인물이었다. 그러니 표도르의 넷째 아들로 볼 수 있다. 그는 아버지 표도르와 자신의 형제들은 물론 세상 전부를 증오하고 있었다. 하지만 당시 그가 발작을 일으켰다는 증언이 확인되어 용의선상에서 제외된다.

이반은 형이 아버지를 죽였다는 사실을 도무지 받아들이기가 어려웠다. 그는 사건의 진상을 밝히기 위해 스메르쟈코프를 찾아가 추궁하고, 결국 스메르쟈코프는 이반에게 자신이 범인이라는 사실을 털어놓는다. 스메르쟈코프의 범행은 모두 치밀한 계획에 따라 진행되었다. 그루센카를 이용해 드미트리가 아버지의 집에 찾아오게 만들고, 문이 열린 틈을 타 표도르를 살해한 것이다. 그러고는 자신이 폐쇄된 공간에서 발작을 일으킨다는 사실을 이용해 지하실로 숨어들어 알리바이를 만들었다.

이반은 어떻게 아버지를 죽일 수 있냐며 분노한다. 하지만 스메르쟈코프는 평생 아버지에게 학대당하고 이제까지 남보다 못한 사이로 살았으면서 왜 이제 와 아버지를 아끼는 척하느냐고 그를 비웃는다.

아버지가 그루셴카와 결혼하면 이반을 포함한 세 형제는 재산을 한 푼도 받을 수 없지만, 그 전에 죽으면 막대한 재산이 모두 형제들 차지가 된다. 스메르쟈코프는 이반이 원하던 일을 실현해 준 것이라고 주장한다. 그러자 이반은 자신이 아버지가 죽기를 바라는 마음을 품고 무의식적으로 살인을 방관한 것이라는 죄책감에 시달린다. 결국 이반은 섬망증*을 앓게 된다.

재판에서 이반은 드미트리의 무죄를 주장하며 표도르를 살해한 범인이 스메르쟈코프라고 증언한다. 하지만 스메르쟈코프가 이반의 반응에 낙담해 '나는 아무에게도 죄를 돌리지 않기 위해 스스로의 의지로 목숨을 끊는다.'라는 메모를 남긴 채 자살하면서 그의 죄를 입증하기가 어려워진다. 이반은 드미트리의 억울함을 풀어 주리라 다짐하지만, 결국 배심원들은 드미트리에게 시베리아 유형을 선고한다. 이후 이반과 알렉세이가 그를 구출할 방법을 모색하며 이야기는 막을 내린다.

• **섬망증** 주의력·언어력 저하 등 인지 기능 전반의 장애와 정신병적 장애가 나타나는 상태. 불면, 불안, 초조, 환각 등의 증상을 보이며, 몸을 떨거나 소리를 지르는 등 과다 행동이 나타날 수 있다.

② 등장인물

표도르 파블로비치 카라마조프

자수성가한 지주이지만, 무책임하고 방탕한 아버지이기도 하다. 폭력적이고 이기적이며, 돈과 여자 문제로 첫째 아들 드미트리와 갈등하다가 의문의 죽음을 맞는다.

드미트리 표도로비치 카라마조프(미챠)

표도르의 첫째 아들로, 격정적이고 충동적인 성격을 지닌 인물이다. 천성은 순박하나 아버지의 무관심 속에서 방종한 삶을 살게 되었고, 이후 아버지와 유산 문제와 여자 문제로 심한 갈등을 빚는다. 결국 아버지를 살해했다는 누명을 쓴 채 시베리아 유형을 선고받게 된다.

이반 표도로비치 카라마조프(바냐)

표도르의 둘째 아들로, 냉철하고 회의적이며 똑똑한 현실주의자이다. 드미트리의 약혼녀인 카체리나를 사랑하게 되며, 아버지의 죽음 이후 큰 충격을 받아 쇠약해진다. 아버지를 죽인 진범 스메르쟈코프와 설전을 벌이던 중 "모든 자식 중에서 제일 아버지를 많이 닮으셨지요."라는 스메르쟈코프의 말을 듣고 괴로워한다. 작품 속에서는 서구의 합리주의와 무신론자의 입장을 대변하는 역할을 한다.

그는 겁이 많은 것은 아니었지만, 왠지 마음의 문을 닫아버린 것 같은 우울한 소년으로 자라났다. 열 살 때부터 자기들이 남의 혜택으로 자라고 있다는 것, 자기 아버지는 차마 입에 담기도 부끄러운 인간이라는 것 등을 간파한 듯했다. 이 소년은 아주 어렸을 때부터 학업에 비상하고 탁월한 재능을 나타냈다.

알렉세이 표도로비치 카라마조프(알료샤)

표도르의 셋째 아들로, 수도원에서 수도자가 되기 위해 수련 중이다. 조시마 장로와 함께 영적이고 이상적인 인물로 그려진다. 영원한 삶과 조화를 믿고 믿음을 실천하는 인물이기에, 작품 속에서 특별한 위치에 있다.

그는 내적 평화를 추구하며 인간 내면의 갈등과 고통을 사랑의 힘으로 극복하고자 한다. 도스토옙스키는 자신이 이상이라 생각하는 기독교적 사랑을 알렉세이에게 담아내어 고통을 치유하는 진정한 방법을 제시했다.

우리 오늘 여기서 서로를 잊지 않겠다고 맹세합시다. 우리는 평생 어떤 일이 일어나든, 설령 만나지 못한다 하더라도 저 불쌍한 친구를 이곳에 묻었다는 것을 잊지 않도록 합시다. 우리는 살아가는 동안 악한 일에 빠질지도 모릅니다. 누군가의 슬픔을 비웃게 될지도 모릅니다. (중략) 그렇다 하더라도 그를 사랑한 일을 잊지 말도록 합시다.

조시마 장로

알렉세이가 기거하는 수도원의 장로이자 그의 스승이다. 종교적으로 이상적인 인물로 그려진다.

네가 속세에 나가 큰 고행을 극복할 수 있도록 내가 축복해 주마. 넌 아직도 오래 방황해야 할 운명이다. 그러나 너를 믿기에 내보내는 것이다. 네가 그리스도를 지켜드리면 그분도 너를 지켜주실 것이다. 이것이 네게 주는 내 유언이다. 슬픔 속에서, 고행 속에서 너의 행복을 찾도록 해라.

파벨 표도로비치 스메르쟈코프

표도르의 집에서 요리사로 일하고 있지만, 소문에 의하면 표도르가 백치 여인을 겁탈해 생긴 사생아라고 한다. 사건의 진범이다.

비열하고 잔꾀가 많은 인물로 그려지며, 삶은 무의미하고 인간은 본능에 의해 움직이는 동물일 뿐이라고 믿는 허무주의적 면모를 보인다. 간질병 환자이며 종종 발작을 일으킨다.

카체리나 이바노브나 베르호브체바(카챠)

드미트리의 약혼자로, 군 장성의 딸이다. 부유한 상속녀이며 매우 아름다운 여인이다. 드미트리와 약혼했지만 사실 이반을 사랑한다. 하지만 자존심이 강해 이를 인정하지 않는다.

2. 작품 속 도스토옙스키의 삶

《카라마조프가의 형제들》에는 도스토옙스키가 자신의 철학에 영향을 미친 주변 인물들로부터 영감을 받아 창조한 인물들이 여럿 등장한다. 먼저 아버지 표도르 카라마조프의 모델은 도스토옙스키의 아버지이다. 도스토옙스키에게 아버지는 늘 두려운 존재였다. 그런 아버지가 갑작스럽게 사망하자 도스토옙스키는 심각한 트라우마를 경험하게 된다. 우울증과 간질, 그리고 죄책감으로 인해 심한 고통을 느껴야 했다. 그 트라우마에서 벗어나게 해준 작품이 바로 《카라마조프가의 형제들》이다.

트라우마를 극복하기 위해서는 엄청난 노력이 필요하다. 도스토옙스키는 《카라마조프가의 형제들》을 집필하면서 끊임없이 아버지를 떠올려야 했다. 그러면서 아버지를 싫어했던 자신의 내면을 들여다보고 조금씩 아버지를 마음속으로 끌어안았다. 그제야 그동안 가지고 있던 죄책감, 아버지를 받아들이지 못했던 자신에 대한 수치심에서 벗어날 수 있었다.

첫째 아들 드미트리의 모델은 도스토옙스키가 시베리아의 옴스크 감옥에서 만난 죄수이다. 처음 《카라마조프가의 형제들》이 쓰일 때 드미트리 카라마조프의 이름은 그 죄수의 이름을 딴 일르인스키였다고 한다. 그는 귀족이었으며, 집과 농장을 소유하고 있던 아버지의 유산을 탐내다 결국 아버지를 살해했다. 범행이 드러난 뒤 그는 귀족 신분과 관직을 박탈당하고 20년 징역이라는 중형을 선고받았다. 하지만 도스토옙스키가 그를 옴스크 감옥에서 만났을 때, 그에게는 특별히 잔혹한 면이 보이지 않았다. 오히려 늘 명랑했기 때문에 그런 끔찍한 일을 저지른 사람이라는 사실을 믿을 수 없었다.

그런데 놀랍게도 도스토옙스키의 직관이 맞았다. 살인 사건의 진범이 체포되어 혐의를 인정한 것이다. 그는 아무 죄도 없이 10년 동안이나 징역살이를 한 것이었다. 도스토옙스키는 누명으로 10년간 감옥에서 지냈던 그의 비극적인 운명에 강한 충격을 받았다. 이에 대한 기억은 작품에서 아버지를 살해하지 않았음에도 시베리아 유형을 가게 된 첫째 아들 드미트리의 모습으로 형상화되었다.

또 《카라마조프가의 형제들》에는 도스토옙스키가 아들에게 느꼈던 애정과 그를 잃었을 때의 고통도 녹아 있다. 도스토옙스키는 작품에서 셋째 아들 알렉세이를 통해 이상적인 사랑의 모습을 보여준다. 소설에서 알렉세이는 '알료샤'라고도 불리는데, 이 이름은 실제 도스토옙스키의 요절한 아들 이름에서 따온 것이다. 도스토옙스키의 아들이 이른 나이에 사망하게 된 것은 그에게서 유전된 간질 때문이었다. 그는 아들을 누구보다도 아끼며 사랑했고, 늘 자신의 병을 물려주었다는 죄책감을 가지고 있었기에 아들을 잃고 형언할 수 없는 슬픔에 잠겼다. 그래서 이후 그는 이 작품에서 가장 신성한 사랑의 모습으로 표현되는 셋째 아들에게 자신이 그토록 아꼈던 아들의 이름을 붙였다. 도스토옙스키는 이 소설을 두고 주인공 형제 중 막내의 전기를 구성하는 일부에 불과하다고 말하기도 했는데, 여기서도 그가 알렉세이라는 인물에 각별한 애정을 두고 있었음을 알 수 있다.

도스토옙스키가 아들을 잃고 큰 충격과 절망에 빠져 허덕일 때, 그의 안내 안나는 남편이 잠시나마 우울증에서 벗어날 수 있도록 남편의 친구에게 그를 옵티나 푸스틴 수도원으로 데려가 달라고 부탁한다. 도스토옙스키는 그곳에서 민중들에게 사랑받는 장로 암브로시를 만나게 되는데, 이 장로가 바로 조시마 장로의 원형이다. 도스토옙스키는 작품 속에 자식을 잃은 한 여인을 등장시켜 자신의 슬픔을 녹여냈다. 다음은 여인이 조시마 장로에게 한 말의 일부이다.

아이가 작은 발로 사뿐사뿐 방을 지나가는 소리를 다시 들을 수만 있다면 얼마나 좋을까요. 그 아이가 달려와 소리를 내며 웃던 모습이 눈에 선합니다. 발소리, 발소리만 들어도 그 아이를 알아볼 텐데 말입니다.

도스토옙스키의 절망을 대변하는 이 여인의 말에 조시마 장로는 이렇게 답한다.

위안받으려 하지 마십시오. 당신에게 필요한 것은 위로가 아닙니다. 위안받으려 하지 말고 그냥 우십시오. 아마 오랫동안 당신은 위대한 어머니의 통곡을 계속해야 할 것이오. 하지만 결국 그것은 조용한 기쁨으로 변하게 될 것이고, 당신의 쓰라린 눈물은 사람을 죄악에서 구하는 연민과 정화의 눈물이 될 것입니다. 그리고 나는 평온 속에 잠자는 그대의 어린아이를 기억할 것이오.

안나는 이 표현은 남편이 암브로시 장로에게 들은 위로의 말을 그대로 옮긴 것이라 밝혔다. 이 위로는 아들을 잃은 상실감으로 펜을 놓았던 도스토옙스키에게 새로운 창작의 불씨가 되었다. 이후 소설 초고에서는 그냥 '백치'라고 불렸던 카라마조프가의 막내는 '알렉세이(알료샤)'라는 이름을 부여받게 되고, 도스토옙스키는 그에게 자신의 사랑과 아들이 미처 펼치지 못한 꿈을 투사했다.

3. 소돔과 마돈나

드미트리는 인간의 이중성을 극명하게 드러내는 인물이다. 이러한 인물 유형은 도스토옙스키의 기존 소설에서는 찾아보기 어렵다. 드미트리는 《죄와 벌》의 라스콜니코프와 같은 안티히어로*나 《백치》의 미쉬킨, 《카라마조프가의 형제들》의 알렉세이 같은 이상적인 인물들과는 다르다. 드미트리는 이상을 꿈꾸면서도 세상 속에 뒹굴며 방탕한 생활을 해나가는 양가성을 지닌 인물이다.

도스토옙스키는 이 자극적인 소설에서 자신이 평생 탐구한 인간의 이중성을 "소돔의 이상과 마돈나의 이상"이라고 요약했다. 작중에서 드미트리는 '선과 악', '소돔과 마돈나'처럼 양립할 수 없는 것들이 모두 아름다움을 지니고 있다고 인정한다. 그렇기에 드미트리의 삶은 대립적 가치들 사이에서 내적으로 갈등할 수밖에 없다.

인간이라는 개념은 너무 넓어. 난 그걸 좀 축소하고 싶어. 악마조차도 어쩔 줄 모를 정도야. 정신적으로는 부끄러울 수 있는 일이 마음에는 오로지 아름다움뿐일 수도 있으니! 소돔에도 아름다움이 있을까? 너, 내 말을 믿어야 해. 대부분의 인류가 소돔에서 아름다움을 발견한다는 것을! 너, 그 비밀을 모르고 있었지? 정말 두려운 건, 아름다움이란 무서우면서 동시에 신비롭다는 사실이야. 그 안에서 하느님과 악마가 싸우고 있고, 그 전쟁터는 바로 인간의 마음인 것이지.

소돔은 《성서》의 창세기에 나오는 지명으로, 성폭력 및 도덕적

• **안티히어로**(anti-hero) 주인공이면서 영웅이지만, 전통적인 영웅상(이상, 도덕, 용기, 정의, 매너 등)이 결핍된 캐릭터를 이르는 말.

퇴폐와 악행이 만연해 멸망한 도시이다. 그러므로 소돔은 인간이
지닌 추악함을 상징한다고 볼 수 있다. 반면, 마돈나는 그리스도의
어머니인 마리아를 뜻한다. 성모 마리아에게 기도할 때 마리아를
부르는 호칭으로 쓰이기도 한다. 따라서 마돈나가 의미하는 바는
성스러움이다. 추악함과 성스러움, 이 둘은 언뜻 양극단에 놓인 것
처럼 보인다. 하지만 도스토옙스키는 드미트리라는 인물을 통해
이것이 양립할 수 있음을 인정하고 있다. 인간이라면 동물적인 욕
망의 충족과 선에 대한 동경 사이에서 자연스럽게 갈등할 수 있다
는 것이다.

표도르는 그 갈림길에서 간결하고 당연하게 소돔을 택하고 있
다. 그에게는 여자가 존재의 전부이다. 돈을 버는 이유도 여자들을
가까이하고 싶어서이다. 장남 드미트리도 아버지와 마찬가지로
소돔을 선택했다. 드미트리는 작품 안에서 경솔하고 과격하며 색
욕이 강하고 인내심 없는 난봉꾼으로 묘사된다. 하지만 드미트리
가 아버지와 다른 점은, 마음속 깊은 곳에서는 마돈나를 동경한다
는 것이다.

그는 '마돈나의 이상'을 동경하면서도 끊임없이 '소돔의 이상'
에 이끌리는 양면적인 모습을 보여준다. 이것이 가능한 이유는 인
간의 마음이 너무나 넓기 때문이고, 이 양면성이 곧 아름다움의 본
성이기 때문이다. 도스토옙스키는 드미트리를 통해 소돔에서 마
돈나에 이르는 모든 길에 뻗쳐 있는 이율배반으로 가득 찬 삶이 그

자체로 아름다움을 지니고 있음을 우리에게 전달한다.

도스토옙스키에게 인간은 본질적으로 이중적이며 영원히 완결될 수 없는 존재이다. 이러한 이중성은 고통이 되기도 하고, 동시에 인간다움이 되기도 한다. 그렇기에 소돔과 마돈나 사이에서, 선과 악 사이에서 결단을 내리는 것은 결국 각자가 스스로 해내야 할 몫이다. 인생은 매 순간이 선택의 연속이기 때문이다.

드미트리는 이 사실을 부정하지 않는다. 그는 소돔과 마돈나의 아름다움을 동시에 찬미하는 것이 곧 인간임을 알고 있었다. 다만 그에게는 두 이상 간의 거리가 너무 멀었기에 내적 갈등으로 고통받아야 했다. 그러나 아버지의 죽음과 자신에게 씌워진 혐의, 거기에서 비롯한 고통으로 인해 타인의 고통을 이해하게 된다. 그리고 차츰 만인에 대한, 또 인간 불행에 대한 죄의식으로 나아간다.

4. 돈의 문제

이 작품은 가정을 붕괴와 변화의 위기를 겪는 대상으로 다루고 있는데, 그 원인 중 가장 중요한 것이 바로 '돈'이다. 작품의 시대적 배경은 1860년대 중반으로, 당시는 자본주의가 가속화되던 시기였다. 이와 더불어 현실 문제에 민감했던 도스토옙스키에게 '돈'은 무척 중요한 화두였기에, 그는 《카라마조프가의 형제들》에서 돈에 의해 발생하는 모든 악을 보여준다.

우선 돈을 맹목적으로 추구하는 인물인 표도르 파블로비치 카라마조프를 보자. 그는 돈만 있으면 자신이 욕망하는 모든 것을 해결할 수 있다고 확신하는 인물이다. 그가 자신의 막내아들인 알렉세이에게 한 말을 보면 그가 돈을 마치 전지전능한 신처럼 여긴다는 사실을 알 수 있다.

알렉세이야, 돈만 있다면야 원하는 건 다 할 수 있단다.

한편, 그의 아들들은 돈에 대해 아버지와는 다른 태도를 보인다. 첫째 아들 드미트리에게 돈은 자유를 가져다주는 도구였다. 여자를 얻고 노름을 하기 위해서, 즉 쾌락을 위해서 돈이 필요했다. 하지만 그는 그루센카라는 여인을 만나며 돈을 쫓아다니는 신세가 되었다. 그러면서 세 형제 중 아버지와 가장 비슷한 모습을 보이게 된다.

둘째 아들 이반은 러시아 사회주의 혁명의 바탕이 된 무신론적 허무주의 사상을 지닌 인물이어서 마치 자본주의를 거부하는 것처럼 보인다. 하지만 스메르쟈코프는 이반이 아버지를 가장 많이 닮았다고 말한다. 유산이 자신에게 돌아올 것을 알았기에 아버지의 죽음을 기대하고 방조했기 때문이었다. 이는 도스토옙스키가 이반이라는 인물을 통해 인간의 본성과 한계를 보여주고자 했음을 알 수 있는 대목이다.

조시마 장로는 돈이 인간에게 고립을 가져온다고 보았다.

부를 축적하면 할수록 더더욱 자살 충동 같은 무기력에 빠져든다는
것을 이 정신 나간 자는 모르는 겁니다. (중략) 지금 인류의 지성인들
은 누구나, 참다운 인간 생활을 보장해 주는 것은 고립된 개개인의 노
력이 아니라 인류 전체의 통합에 있다는 말을 이해하려 들지 않고 비
아냥거릴 따름입니다.

셋째 아들 알렉세이 또한 조시마 장로와 같이 돈을 우상화하지
않는다. 그는 돈을 완전히 부정한 것은 아니었지만, 인간적 관계를
맺고 교류하는 데 사용했다. 이렇듯 세 형제가 돈을 대하는 태도가
각각 달랐다.

우리 사회에서 돈은 인간의 삶과 사회 전반을 움직이는 강력한
힘으로 작동한다. 그러니 인간이 돈에 욕심을 가지는 것은 당연한
본능이다. 그러나 이 때문에 주변과 끊임없이 갈등하고 위기와 분
열을 맞는 것은 안타까운 일이다.

아들 손에 죽임을 당하는 아버지, 그 죽음을 애도하지 않는 이
들, 한 가정이 해체되는 과정, 누명을 쓰고 유형을 가는 인물, 자신
이 살해 교사자임을 깨닫고 섬망증으로 고통받는 인물. 도스토옙
스키는 이렇듯 작품 속에서 돈에 대한 잘못된 태도를 가진 인물들

의 삶과 그 주변이 어떻게 파괴되는지를 보여주면서 이에 대해 생각해 볼 기회를 제공하고 있다.

돈의 목적은 무엇인가? 돈은 우리에게 어떤 존재여야 하는가? 혹시 우리는 돈을 우상화하며 살아가고 있지 않은가? 자본주의 사회를 살아가는 우리에게 꼭 필요한 고민이다.

5. 다수의 행복이 선인가

세상에서 가장 행복한 도시가 있다고 가정해 보자. 그런데 그 행복을 유지하기 위해서는 죄 없는 한 아이가 빛 하나 들어오지 않는 지하실에 평생을 갇혀 있어야 한다. 만일 그 아이가 세상 밖으로 나오면 그 도시의 행복은 끝나게 된다. 당신은 어떤 선택을 할 것인가? 이 예시는 마이클 샌델의 저서 《정의란 무엇인가》에 나오는 도덕적 딜레마에 관한 예시 중 하나이다. 아이를 제외한 모두의 행복을 위해 아이는 불행해도 괜찮은가? 이 딜레마는 벤담의 공리주의로부터 출발한다.

영국의 철학자 벤담은 '최대 다수의 최대 행복'이라는 공리주의를 주장했다. 벤담의 공리주의는 개인의 행동이 사회 전체의 행복을 증진할 수 있다면 그것이 옳은 선택이라고 보는 이론이다. 다시 말해, 공리주의에서 '옳음'이란 모두를 위한 최선의 결과를 낳는 선택이어야 한다는 것이다. 하지만 도스토옙스키는 《카라마조프가의 형제들》을 통해 공리주의가 과연 최선의 선택인지에 대한 의문을 제기한다.

어디까지나 가정이지만, 인류를 행복하게 만들고 평화와 안정을 가져다줄 수 있는 궁극의 건물을 세우는 게 가능하다고 치자. 그런데 그런 건물을 세우려면 단 한 명의 미약한 생명, 이를테면 아까 말한 조그만 주먹으로 자기 가슴을 치던 불쌍한 여자아이를 고문하는 것이 불가피한 일이라 치자. 무고한 아이의 보상받을 수 없는 눈물을 토대로 그 건물을 세워야 한다면, 너는 그런 조건에서 건축가가 되는 것에 동의할 수 있겠니? 자, 어디 솔직히 대답해 봐! 네가 건설한 건물 속에 사는 사람들이 어린 희생자의 보상 없는 피 위에 세워진 행복을 받아들이는 데 동의하고 결국 받아들여서 영원히 행복해진다 하더라도, 너라면 과연 그따위 이념을 용납할 수 있겠니?

이는 둘째 아들 이반이 동생 알렉세이에게 던지는 질문이다. 전쟁과 살육이 멈춘 평화와 안정의 상태를 위해 죄 없는 아이를 고문해야 한다면 그렇게 할 것인지 묻고 있다. 알렉세이는 그럴 수 없다고 답한다. 다수의 행복과 개인의 고통이 대립하고 있을 때 어떤 윤리적 선택을 할 것인지에 대해 생각해 볼 수 있는 대목이다.

도스토옙스키가 이러한 의문을 제기한 것은 《카라마조프가의 형제들》이 처음은 아니다. 대표적으로는 《죄와 벌》의 주인공 라스콜니코프의 초인 사상이 있었다. 라스콜니코프는 자신처럼 똑똑하고 정의감에 불타는 초인이라면 악덕한 전당포 노파를 살해하고 그녀의 돈으로 수많은 빈민을 구제해도 된다고 생각하며 도끼를 들었다. 그러다 작품의 끝에서는 자신의 죄를 인정하고 그것이 정의가 아니었음을 깨우치게 된다.

공리주의자들은 아이를 고문하는 선택을 할 수 없다는 알렉세이의 생각에 반대할 것이다. 물론 그들도 아이를 고문하는 것을 원치는 않겠지만, 그것으로 수백만 명이 평화와 안정을 누릴 수 있다면 그렇게 하는 것이 옳다고 여길 것이다. 이처럼 공리주의에서는 한 사람이 부당한 고문을 받더라도 다수가 더 많은 불행을 피할 수 있다면 그것은 옳은 일이 될 수 있다. 하지만 도스토옙스키는 그러한 공리주의적 관점을 집요하게 물고 늘어지며 이반과 알렉세이의 입을 통해, 또 라스콜니코프의 입을 통해 공리주의가 지닌 한계를 지적했다.

우리는 현재 공리주의의 기본 이념과 떼려야 뗄 수 없는 사회를 살아가고 있다. 자본주의 사회에서 '최대 다수의 최대 행복'을 위한 선택은 큰 미덕이 되기 때문이다. 이런 시각에서 공리주의는 합리적인 도덕 이론인 것처럼 보인다. 그러나 우리는 위와 같은 딜레마에 빠졌을 때 과연 어떤 선택을 할 것인지 끊임없이 자문해 볼 필요가 있다.

6. 사랑의 실천

도스토옙스키는 사랑을 두 가지로 나누어 보았다. 그중 하나는 '공상적 사랑'이다. 이는 이론적이고 추상적이며 관념적인 사랑을 일컫는다. 이에 대한 예로 '인류애'를 들 수 있다. 인류를 사랑한다는 것은 무척 훌륭하게 들리지만, 동시에 아무도 사랑하지 않는 것이 될 수도 있다. 이러한 공상적 사랑의 예시가 《카라마조프가의 형제들》 속 이반의 '대심문관 이야기'이다.

대심문관 이야기는 술집에서 이반이 알렉세이에게 들려주는 이야기이다. 이 이야기는 매우 심오한 철학적 문제를 다루고 있는데, 여기서는 간략하게만 언급하고자 한다.

16세기 에스파냐의 세비야 종교재판 시기에 신의 아들 예수가 세상에 찾아온다. 그는 관 속에 누운 소녀를 되살리는 기적을 보여주었는데, 그곳을 지나던 추기경 대심문관에 의해 체포된다. 이미 지상의 권위는 대심문관에게 있었기에 사람들은 그를 따랐다. 대심문관은 예수를 이단자로 여겨 화형에 처하려 한다. 부활의 약속이 지켜지지 않은 15세기 동안 인간의 불안을 잠재우고 그들에게 지상의 빵을 먹인 것은 자신들이라고 주장하면서.

너는 그들에게 천상의 빵을 약속했지만, 그것이 약하고 악덕하고 영원히 배은망덕한 인간의 눈에 과연 지상의 빵에 비길 수 있을까? (중략) 천상의 빵을 위해 지상의 빵을 멸시할 만한 힘이 없는 수백만 명, 수억 명의 인간들은 어떻게 될까?

대심문관은 인간에게 필요한 것은 자유가 아니라 자신들을 이끌어주고 대신 선택해 줄 강력한 힘이라고 생각했다. 그래서 극소수의 인간이 자유를 위해 예수를 따른다고 해도 다수의 민중은 '우리를 노예로 삼고, 그 대신 빵을 주세요.'라며 지상의 빵을 선택할 것이라 말한다. 대심문관은 그들이 벌어들인 빵을 거두었다가 다시 나눠주는 것뿐이지만, 빵을 받아 든 그들은 자신들에게 영원히 복종할 것이라 믿었다. 또 그래야 사람들을 위한 평온과 행복의 왕국이 도래한다고 생각했다.

이것이 도스토옙스키가 제시하는 공상적 사랑의 모습이다. 공상적 사랑은 언뜻 보면 다수의 행복이라는 대의명분을 지닌 선택처럼 보이지만, 사실 행복과 사랑은 수학적으로 계산될 수 없는 가치이다. 대심문관 이야기를 통해 도스토옙스키는 인간의 다양성을 존중해 각자의 자유의지를 실현할 수 없다면 '인류애'를 사랑으로 볼 수 있을지에 대한 의문을 제시한 것이다.

도스토옙스키는 공상적 사랑에 대한 대안으로 '실천적 사랑'을 제시했다. 그것은 한 인간을 이론이 아닌 행동으로 사랑하는 것을 의미한다. 이러한 모습의 사랑을 가장 잘 보여주고 있는 인물이 막내아들 알렉세이와 조시마 장로이다.

사랑은 얻기 힘든 것입니다. 구하려면 비싼 대가를 치러야 하고, 오랜 세월에 걸쳐 많은 일을 해야 합니다. 사랑이라는 것은 우연한 어떤 순간이 아니라 어느 때나 실천해야 하는 것이기 때문입니다. 우연히 하는 것이라면 누구든 할 수 있으며, 악당들조차 그렇게 할 수 있습니다.

사랑을 주는 일에는 노력과 인내가 필요하다. 그리고 우연히 그렇게 하는 것이 아니라 어느 때나 실천해야 하는 일이다. 그래서 조시마 장로는 실천적 사랑은 공상적 사랑에 비해 가혹하고 두려운 것이라고 말한다. 하지만 도스토옙스키는 이러한 사랑의 모습을 떠올리며 다음과 같은 말을 남긴다.

나는 인간이다. 고로 나는 사랑한다.

우리는 어떻게 사랑을 실천할 수 있을까? 타인을 이해하고 공감하는 것, 자신의 행동을 성찰하고 겸손함을 유지하는 것, 연민과 측은지심을 가지는 것, 모두를 있는 그대로 받아들이는 것…… 이 모든 노력이 진정한 사랑을 실천하는 길로 가는 여정이다. 그리고 그런 사랑을 실천할 때 우리는 비로소 진정한 인간으로서 존재할 수 있다고 도스토옙스키는 말하고 있다.

《카라마조프가의 형제들》은 길고 어렵다. 하지만 작품을 읽고 나면 도스토옙스키의 철학적 깊이와 인간에 대한 통찰에 놀라움을 느끼게 된다. 작품에서 스메르쟈코프를 포함한 네 형제의 말과 생각은 다양한 철학적 주제를 대변한다. 네 아들은 각각 선과 악, 본능과 이성을 표상한다. 순수한 선을 상징하는 알렉세이, 순수한 악을 상징하는 스메르쟈코프. 이들은 그 자체로 순수한 존재들이기에 인간적 갈등을 겪지 않는다. 하지만 대부분의 인간은 복잡한 존재이다. 인간에게는 드미트리에게 있던 욕망과 이반에게 있던 이성이 모두 존재하기 때문이다. 그렇기에 우리는 끊임없이 성찰하며 양극단의 가치 사이에서 균형을 유지하기 위해 노력해야 한다.

선과 악, 본능과 이성을 지닌 이 네 형제의 뿌리를 쫓다 보면 우리는 하나의 지점, 즉 아버지 표도르에 이르게 된다. 결국 이러한 요소들이 모두 한 뿌리에서 출발했다는 것은 인간에게 이러한 성질이 모두 내재해 있음을 뜻한다.

결론적으로 《카라마조프가의 형제들》은 인간 존재에 대한 근본적 질문과 함께 우리 안에 담겨 있는 모순을 탐구하고 생각을 자극하도록 하는 걸작이다. 도스토옙스키의 모든 작가적 역량과 인생 경험, 사상적 깊이를 담은 《카라마조프가의 형제들》은 도스토옙스키 문학의 정수라 할 만하다.

백치

Идиот, 1869

도스토옙스키는《백치》의 큰 맥락을 설명하는 편지에서 이렇게 말했다.

오랫동안 한 가지 생각이 나를 미치게 했습니다. 하지만 그걸 소설의 소재로 삼기가 두려웠어요. 왜냐하면, 너무 어렵기 때문입니다. 나는 아직도 준비됐다고 생각하지 않아요. 그것은 '완벽한 사람을 묘사하는 것'입니다.
아이디어는 참 매력적이고, 난 이 아이디어를 좋아합니다. 그렇지만 이것보다 더 어려운 것은 없다고 생각합니다. 특히 지금의 우리 시대에는요.

작가조차 두려워했던 소재가 쓰인 이 소설은 그가 평생에 걸쳐 추구한 '진실로 아름답고 선한 인간 존재'에 대한 고민이 담겨 있는 장편이다. 비평가들도 어렵게 느낄 만큼 이해하기 어려운 이 소설은 도스토옙스키가 특히 아끼고 사랑한 작품이기도 하다. 도덕적인 힘을 지닌 미쉬킨 공작의 '백치' 같은 모습들은 모든 인물의 가슴속에 사랑과 연대를 불러일으킨다. 도스토옙스키가 추구하는 진실한 선을 완성하는 데 영향을 미친 중요한 작품이다.

1. 줄거리와 등장인물

① 줄거리

이 소설의 제목 '백치'는 말 그대로 '바보'라는 뜻으로, 주인공 미쉬킨 공작을 가리키는 말이다. 미쉬킨은 귀족이라는 높은 지위에 있지만 가난하다. 부모님은 어렸을 때 돌아가셨고, 후견인 파블리셰프가 스위스에서 미쉬킨을 돌봐주었다. 그는 간질 증상으로 치료를 받았고, 파블리셰프가 죽자 스위스에서의 요양 생활을 마치고 러시아 상트페테르부르크로 돌아온다.

그는 상트페테르부르크로 가는 기차 안에서 로고진이라는 남자를 만난다. 로고진은 아버지가 물려준 유산 문제로 상트페테르부르크에 가는 중이었다. 로고진은 사실 아버지와 오랫동안 연락을 하지 않고 지내고 있었다.

미쉬킨은 상트페테르부르크에 도착하자마자 유일한 친척인 리자베타의 부유한 남편 예판친 장군의 집을 찾아가고, 그곳에서 나스따시야라는 여인을 만난다. 나스따시야는 큰 부자인 토츠키의 정부로, 아주 아름다운 외모를 지닌 여성이다. 아름다운 나스따시야의 겉모습에 환호하는 다른 사람들과는 달리 미쉬킨 공작은 그녀의 얼굴에서 어두운 과거의 그림자를 발견하고 연민을 느낀다. 나스따시야는 미쉬킨 공작을 좋아하게 되지만, 그와 사귀게 되면 자신이 그를 타락시키게 될까 봐 걱정한다.

나스따시야를 이렇게 만든 데 한몫한 사람들은 토츠키와 로고진이었다. 토츠키는 좋은 집안의 여자와 결혼하고 싶은 마음에 예판친 장군의 첫째 딸에게 청혼한다. 그러면서 정부인 나스따시야를 떼어낼 방법을 찾던 그는, 예판친 장군의 비서에게 나스따시야와 결혼하면 7만 5천 루블을 주겠다고 한다. 한편, 나스따시야를 사랑했던 로고진은 돈으로 나스따시야를 가지겠다는 생각을 하고 있었다. 이 모든 역겨운 상황을 지켜본 미쉬킨은 수치와 굴욕으로부터 그녀를 구하기 위해 그녀와 결혼하겠다고 마음먹는다. 하지만 그녀는 착한 미쉬킨이 자신에게 걸맞지 않은 상대라고 생각해 로고진을 택하고, 둘은 먼 도시로 떠나게 된다.

미쉬킨은 자신과 나스따시야 사이의 관계를 질투하던 예판친 장군의 막내딸 아글라야와 정을 쌓게 된다. 하지만 결혼식 준비가 한창일 때 나스따시야가 다시 상트페테르부르크로 돌아오고, 미쉬킨은 마음이 흔들린다. 결국 미쉬킨은 나스따시야를 선택한다. 미쉬킨은 나스따시야에게 청혼하고, 그녀는 이를 받아들인다. 아글라야는 외국으로 떠난다.

미쉬킨과 나스따시야의 결혼이 코앞으로 다가왔을 때, 나스따시야는 자신의 존재가 미쉬킨에게 피해가 될 것이라는 생각에 다시 로고진에게로 돌아간다. 이에 미쉬킨은 상트페테르부르크에 집을 얻은 뒤 로고진과 나스따시야를 찾아 나서고, 마침내 로고진을 만나 함께 그의 집으로 향한다.

로고진의 집에는 나스따시야가 죽은 채 흰 천으로 덮여 있었다. 로고진이 미쉬킨을 죽이려던 칼로 그녀를 죽인 것이다. 미쉬킨과 로고진은 시체 옆 식탁에서 밤새도록 평온하게 대화를 나눈다. 그런데 아침이 되고 경찰이 왔을 때 미쉬킨 공작은 제정신이 아니었다. 그녀의 죽음 앞에서 간질 발작 증세가 재발했고, 그 누구도 알아보지 못했다. 미쉬킨은 이전의 상태로 돌아갈 수 없는 완전한 백치가 되어 스위스로 돌아간다.

② 등장인물

미쉬킨

귀족인 미쉬킨 공작은 도스토옙스키가 만들어낸 이상에 가까운 인물이다. 사람을 쉽게 믿으며, 단순하고 착한 성격을 지녔다. 사회의 규범이 아닌 선한 인간성을 따르는 인물이기에 속물적인 사회에서는 백치와 같은 존재이다. 스위스에서 '백치'라는 병명으로 치료를 받았다.

과연 진실 앞에서 제스처가 필요할까요? (중략) 나의 소견으로 볼 때
가끔은 바보스러워지는 편이 좋을 때도, 아니 오히려 더 나은 경우도
있어요. 그러면 서로에게 보다 빨리 용서를 구하고 화해할 수 있으니
까요.

나스따시야

귀족 출신의 미인이며 토츠키의 정부이다. 나스따시야는 자기 혐
오가 심한 인물로, 스스로 타락했다고 생각한다. 자신이 미쉬킨을
타락시킬까 봐 두려워 로고진을 선택했다가 나중에 그에게 죽임
을 당한다.

그녀의 운명이 평범하지 않으리라고 확신해요. 얼굴은 명랑하지만,
많은 고통을 겪은 거죠.

로고진

성격이 불같고 자만심이 매우 강한 남자로, 나스따시야를 사랑해
그녀를 돈으로라도 얻으려 하는 인물이다. 결국 그녀를 칼로 찔러
죽인다.

아글라야

예판친 장군의 막내딸이다. 나스따시야를 닮은 아름다운 외모를

지녔으며, 겨우 스무 살이지만 교육을 받아 똑똑하고 재능이 있다. 미쉬킨의 청혼을 받고 약혼을 준비했지만, 나스따시야와의 대화 끝에 미쉬킨 공작을 떠나게 된다.

토츠키

백만장자이며 나스따시야를 성적으로 농락한다. 예판친 장군의 맏딸과 결혼하기 위해 나스따시야를 떼어내려 한다.

예판친

56세의 군인 가문 출신 장군으로, 인맥이 넓고 돈이 많으며 큰일을 하는 사람으로 소문나 있다. 상트페테르부르크에 온 미쉬킨 공작이 가장 먼저 찾아간 인물이며, 미쉬킨을 도와준다.

가브릴라

이볼긴 장군의 아들로, 예판친 장군의 비서이다. 아글라야를 짝사랑하지만, 결혼은 돈 때문에 나스따시야와 하려는 인물이다. 나중에 나스따시야에게 조롱당하고 놀라 기절하게 된다.

이볼긴

퇴역 장군이자 알코올 중독자로, 돈을 빌리고도 갚지 않는 일이 잦으며 거짓말을 많이 해서 주변을 피곤하게 만드는 인물이다. 후에

뇌졸중으로 사망한다.

2. 백치의 역설

국어사전에서는 '백치'를 "뇌에 장애나 질환이 있어 지능이 아주 낮은 상태. 또는 그런 사람을 낮잡아 이르는 말."이라고 정의한다. 백치는 주로 부정적인 의미로 사용되며, 들은 사람으로 하여금 모욕감을 느끼게 하는 말이다. 그런데 이 소설은 초반부터 백치가 누구인지 공공연하게 드러낸다. 심지어 그 인물은 자신이 백치임을 알고 있다. 바로 주인공 미쉬킨이다.

미쉬킨은 지켜보는 사람 모두가 하나같이 안타까워할 정도로 선량하고 천진난만하다. 마치 어린아이와 같은 그 모습이 바보스럽게 보여 백치라 불리는 것이다. 하지만 독자는 미쉬킨을 부정적인 시선으로 바라보지 않는다. 미쉬킨은 간질을 앓는 것을 제외하고는 평범하고 때 묻지 않은 사람이다. 그렇다면 도스토옙스키는 왜 미쉬킨에게 '백치'라는 호칭을 붙이고 이를 작품의 제목으로까지 정했을까?

미쉬킨이 로고진을 만나는 공간인 상트페테르부르크로 향하는 기차 안으로 가보자. 로고진과 미쉬킨은 비슷한 나이였지만, 귀족 출신인 미쉬킨과 달리 로고진은 상인 집안 출신으로 신분이나 교양 수준은 미쉬킨과 비할 바가 아니다. 하지만 로고진은 곧 막대한 유산을 상속받을 예정이었고, 눈치가 빠르며 자신의 욕망을 위해서라면 무슨 일이든 하려는 청년이었다. 귀족 출신이라는 사실 외에는 가진 것이 없는 미쉬킨 공작, 오직 돈만 믿고 이를 통해 욕망을 채우려는 로고진. 이 둘의 대비는 소설에서 매우 중요한 역할을 하는데, 이것이 극명하게 드러날 수 있었던 것은 미쉬킨이 '백치'였기에 가능한 일이었다.

백치인 자와 백치가 아닌 자. 후자에 해당하는 로고진이라는 인물과의 대비에서 백치는 부정적 의미 대신 '순수한 인간성을 지닌 사람'이라는 의미로 재탄생한다. 어린아이 같은 순진함, 타인의 말을 그대로 믿고 공감하는 진실함을 통해 우리는 미쉬킨이 백치가 아니라 오히려 가장 지혜로운 사람임을 인정하게 된다. 그는 통찰력과 선견지명을 지닌 뛰어난 인물이다. 도스토옙스키는 백치라는 표면적 의미와는 거리가 멀게 느껴지는 이 미쉬킨이라는 인물상을 통해 독자들이 인간의 삶과 행복의 의미를 생각해 보도록 이끈다. 한편, 건전하고 순수한 마음을 지닌 한 사람을 백치로 만드는 세상을 향해 '과연 누가 백치인가?'라는 의문을 제기하는 것이기도 하다.

우습게 보인다는 것은 경우에 따라서는 오히려 좋은 일인 것 같습니다. 그래야만 서로 용서하게 되고 쉽게 자신을 억제할 수 있으니까요.

사실 이러한 백치의 역설은 우리 삶 곳곳에서 발견할 수 있다. 함께 살아가는 세상이기에 모두가 조화롭게 걸어가면 좋겠지만, 그렇지 않은 경우가 많다. 이렇게 이기심과 허영심, 물질만능주의 등이 만연한 사회 속에서 순수하고 맑은 영혼을 지닌 사람들을 보면 '바보'라는 생각이 들기도 한다. 심지어 그들을 어리석고 미련하다며 비난하기도 한다. 하지만 그러한 우리가 오히려 분노, 질투, 증오, 복수, 허영심 같은 감정에 눈이 멀어 진정한 삶의 가치를 발견하지 못하고 있는 것은 아닐까? 혹은 마음속으로는 순수한 이상을 추구한다고 해도 주변 사람들의 눈초리나 뒷말이 무서워 진실한 속내를 감추고 살아가고 있지는 않은가? 어쩌면 지금 우리에게 가장 필요한 것은 '백치'로 살아갈 용기와 힘인지도 모른다.

3. 도스토옙스키의 경험이 녹아 있는 작품

주인공 미쉬킨 공작은 그가 방문했던 한 귀족의 집에서, 리옹에서 목격한 단두대 사형 장면과 함께 사형을 선고받았던 사람의 마지막 몇 분간에 대해 이야기한다. 이는 도스토옙스키가 사회주의 모임인 페트라셰프스키 서클 활동으로 가짜 사형 선고를 받고 죽음의 문턱까지 갔던 때 느꼈던 극한의 두려움과 고통의 순간을 생생히 담고 있다.

고문에 의한 상처로 느끼는 고통은 가장 혹독한 고통은 아닐 테니까. 한 시간 후에는, 10분 후에는, 30초 후에는 넋이 육체에서 떠나버려 자기는 이미 한 인간이 아닌 것이 되어버린다는 것을 확실히 아는 바로 그것. 이 '확실히'라는 점이 무엇보다도 큰 고통일 것이란 말일세. 목을 칼날 바로 밑에 놓고 그 칼날이 미끄러져 내려오는 소리를 듣는 그 4분의 1초 동안이 무엇보다도 무섭단 말이야. 그것은 나의 공상이 아니라 많은 사람한테서 들은 견해야. (중략) 선고가 있으면 이제는 도저히 죽음을 면할 수 없다는 거기에 바로 무서운 고통이 있는 거야.

또한 《백치》는 도스토옙스키의 다른 어떤 소설보다도 그의 간질 발작 경험이 생생하게 담긴 작품이다. 다만 그는 간질 발작을 끔찍한 것으로만 여기지 않았으며, 오히려 조화와 황홀경을 경험하는 탈혼의 순간으로 느끼기도 했다. 도스토옙스키는 자신이 사랑스러운 시선으로 바라보는, 그리스도처럼 선하고 아름다운 인간성을 지닌 주인공에게 입에 거품을 물고 경련을 일으키며 몸을 뒤트는 자신의 병을 앓게 했다.

이것이 질병인들 어떻습니까? 만약 실제적인 결과 후에 건강한 상태에서 기억되고 관찰되는 감각의 순간이 고도의 조화요 아름다움이며, 완전함, 균형, 화해, 삶의 지고한 통합과의 황홀하고 신앙심 깊은 융합 같은 감정을 부여한다면, 이것이 비정상적인 긴장이라 한들 무슨 상관이겠습니까? 이 순간은 그 자체로 인생 전체와 맞먹는 값어치가 있습니다.

위의 인용은 미쉬킨이 간질에 관해 이야기하는 대목이다. 이를 보면 미쉬킨은 도스토옙스키와 마찬가지로 발작을 일으키는 동안 마치 지상에 천국이 펼쳐진 듯한 느낌을 받았다는 것을 알 수 있다. 이처럼 도스토옙스키가 자신이 느낀 황홀경을 주인공도 똑같이 느끼게 한 이유는 이를 경험한 자에게는 세속적인 삶이 의미가 없음을 말하기 위해서인 듯하다. 욕심과 아집, 집착 등 속됨은 인간의 행복을 방해하는 요소이기 때문이다. 그러나 다른 보통의 이들에게 그는 바보일 뿐이다. 이러한 작품의 주제를 통해 도스토옙스키는 자신이 겪어왔던 고통에 대한 일종의 투병기를 남긴 것인지도 모른다.

4. 진정한 행복의 모습

《백치》에서 '돈'은 상상을 초월하는 존재감을 지니고 있다. 모든 등장인물이 돈 때문에 갈등을 경험하고, 돈 때문에 운명이 결정된다고 해도 과언이 아니다. 미쉬킨이 있는 곳은 《성서》에 등장하는 황금 송아지 우상 숭배 사건을 떠올리게 한다. 그리고 미쉬킨은 황금 송아지가 다스리는 상트페테르부르크를 찾은 예수 그리스도와 같은 인물로 나타난다.

나스따시야는 수많은 남자들의 욕망을 불러일으킬 정도로 매우 아름답다. 하지만 그녀는 토츠키에게 유린당한 자신을 순결하지 못하다며 혐오한다. 그런데 미쉬킨은 나스따시야의 사진을 보자마자 그녀의 표정에서 슬픔, 분노, 절망과 같은 본모습을 읽어낸다. 그녀는 그런 미쉬킨을 사랑했으나, 그의 청혼을 거절한다.

이후 나스따시야는 자신을 로고진에게 경매 물품 넘기듯 팔아넘긴다. 이 장면은 자본주의 시대의 돈의 의미가 가장 함축적으로 나타난다. 10만 루블을 줄 테니 같이 떠나자고 제안하는 순간 파티장은 돌연 경매장이 되고, 나스따시야는 매물이 된다. 그녀는 로고진을 경멸하고 두려워했다. 로고진과 함께하면 자신은 절대 행복할 수 없다는 사실도 알고 있었다. 하지만 결국 가장 큰 액수를 내건 로고진의 손을 들어주며 경매는 끝이 난다.

돈은 현대 자본주의를 살아가는 우리에게 떼려야 뗄 수 없는 존재이다. 하지만 자본이 우선시되는 사회에서 우리는 언제나 물질만능주의의 유혹에 놓인다. 물질만능주의란 인간이 가져야 할 본연의 가치보다 경제적 가치를 우선하는 것을 의미한다.

이러한 세계에서 미쉬킨의 존재는 당혹스러움 그 자체이다. 그는 돈과 권력, 타락이 만연한 세계에서도 어린아이 같은 순수함을 지니고 희생을 자처한다. 그러나 미쉬킨이 완성한 완벽하고 아름다운 인간상은 황금이 우선시되는 사회에서는 백치에 불과하다.

그럼에도 미쉬킨은 돈보다 중요한 가치를 찾기 위해 바보처럼 노력한다. 그것은 바로 행복이다. 그는 행복을 멀리 있는 것이 아니라 우리 일상 곳곳에서 발견될 수 있는 사소한 것이라 여겼다. 한 그루의 나무 밑을 지나갈 때도 행복을 느꼈고, 누군가와 이야기할 때는 자신이 그 사람을 사랑하고 있다는 생각만으로도 행복을 느꼈다. 이처럼 우리의 일상을 스치는 단순하고 사소한 순간을 그저 흘려보내지 않고 그 속에서 행복을 발견하는 것. 그것을 얼마만큼의 황금과 맞바꿀 수 있을까?

의기소침한 사람의 눈에조차 아름답게 보이는 것이 이 세상에는 얼마든지 있지 않습니까? 갓난아이를 보십시오. 저녁노을을 보십시오. 자라고 있는 풀 한 포기를 보십시오. 당신을 사랑하고 당신을 바라보는 눈들을 보십시오.

미쉬킨의 말을 통해 우리는 진정 아름다운 것들, 우리 삶을 가치 있게 만드는 것들이 무엇인지 새로이 보게 된다. 이렇게 도스토옙스키는 미쉬킨의 시선을 통해 진정한 행복이 무엇인지 제시한다.

물론 이 작품에 대한 비난도 있다. 미쉬킨은 연민의 감정 때문에 약혼자 아글라야를 버려야 했다. 그러한 선택도 행복을 위한 것이었다고 인정할 수 있는지는 의문이다.

동정심 때문에, 그리고 그 여자의 만족 때문에, 고귀하고 순결한 다른 아가씨를 모욕해도 괜찮았고, 그 교만하고도 증오에 불타는 눈앞에서 그녀에게 굴욕을 안겨줘도 괜찮았단 말입니까?

도스토옙스키가 미쉬킨을 내세워 진실로 아름다운 인간을 묘사하고자 했던 것은 사실이지만, 미쉬킨이 결국 나스따시야를 구원하지 못했다는 점, 아글리야에게 씻을 수 없는 상처를 주었다는 점에서 의문을 제기하는 사람도 있다. 하지만 미쉬킨에 대한 아글리야의 찬사를 보면 그가 영원한 백치로 완성될 수 있는지에 대한 답을 얻을 수 있다.

나는 당신이 세상에서 가장 정직하고 진실하다고 생각하고 있어요.

《백치》는 치정, 살인, 돈, 사랑과 욕망, 질투와 삼각관계 등 통속적인 요소를 잘 활용해 재미를 추구했다는 점에서 성공적인 작품이다. 하지만 이 작품이 대단한 진짜 이유는 세속적인 소재를 통해 신과 인간, 선과 악 등의 철학적 사상을 심도 있게 다루었다는 데에 있다. 작품 속에서 구현된 '완벽하게 아름다운 사람', 즉 미쉬킨을 통해 도스토옙스키는 이러한 아름다움을 발견할 수 있는 사람이 자신과 세상을 구원할 수 있다는 메시지를 전달하고자 했던 것이다.

정직한 도둑

Честный вор, 1848

〈정직한 도둑〉은 도스토옙스키가 27세에 쓴 단편소설로, 시베리아 유형을 가기 전에 쓴 작품이다. 이 작품은 두 가난뱅이의 이야기를 다루고 있으며, 러시아 소시민들의 비참한 환경과 심리적 갈등, 그리고 그들에 대한 동정과 연민의 시선이 담겨 있다.

그림작가 케스투티스 카스파라비치우스가 그림을 그린 책도 있을 뿐 아니라, 기존의 작품들과 견주었을 때 비교적 간단한 서사 구조를 지니고 있어 청소년이 접근하기에 좋은 작품이기도 하다.

1. 줄거리와 등장인물

① 줄거리

'나'는 독신자 아파트에서 가정부 아그라페나와 함께 살고 있는 자칭 '외로운 사람'이다. 심심한 일상을 보내던 '나'는 가정부의 권유로 아스따피 이바노비치라는 퇴역 군인에게 작은방의 세를 내어 주게 된다. 아스따피는 천생 이야기꾼이었고, 무료함과 외로움을 느끼던 '나'는 그와 함께 사는 것이 매우 즐거워졌다.

어느 날, 대낮에 도둑이 들더니 '나'가 버젓이 있는데도 겨울 외투를 훔쳐 달아난다. 때마침 집에 도착한 아스따피가 그 도둑을 쫓아갔지만 놓치고 말았다. '나'는 속상한 마음을 달랠 겸 아스따피에게 이야기를 하나 들려달라 하고, 아스따피는 '정직한 도둑' 이야기를 꺼낸다. '나'는 '정직하다면 도둑질을 하지 않을 텐데.'라는 의문을 품지만, 겉으로는 티 내지 않고 이야기를 듣는다.

아스따피의 이야기는 그가 직장을 잃고 친척 할머니 댁으로 이사 갈 처지였던 때로 돌아간다. 아스따피는 우연히 선술집에서 술값이 없는 노인 에멜리얀을 만난다. 그는 아스따피보다 더 가난한 데다가 방랑벽이 있는 술주정뱅이였다. 아스따피는 에멜리얀에게 술을 사주고 그를 식객으로 맞이하게 된다.

아스따피는 에멜리얀이 하는 일 없이 놀고먹는 것을 못마땅하게 생각했다. 그는 한번 나가면 이삼일 뒤에 술이 떡이 된 채로 귀가했다. 그때마다 아스따피는 나가기만 하면 술에 취해 비틀거리며 돌아오는 게 부끄럽지도 않냐며 에멜리얀을 꾸짖었고, 에멜리얀은 그 훈계를 고분고분 듣다가 코트를 걸치고 조용히 나가곤 했다. 그러고는 혹한에도 집 밖 계단 위에서 자거나, 집에서도 외투를 두른 채 자는 등 자신의 굴욕적인 처지를 보여주었다.

어느 날, 아스따피는 자신이 가진 것 중에 유일하게 값이 나가는 승마바지가 옷장에서 사라지자 그를 의심하게 된다. 그날 집에는 누구도 들어온 적이 없었고, 오직 에멜리얀만 외출했다가 고주망태가 된 채 들어와 있었기 때문이다. 하지만 에멜리얀은 절대 바지를 가져가지 않았다면서, 친구의 물건을 어떻게 훔치겠냐며 결백을 주장한다. 그러면서 아스따피보다 더 초조해하며 바지를 찾는다. 하지만 아스따피는 이미 그에 대한 의심이 굳어져 버렸다. 아스따피는 에멜리얀에게는 그를 의심하지 않는다고 말했지만, 외출할 때마다 옷장 문을 잠그고 나갔다. 에멜리얀은 그런 아스따피의 행동을 보고 자신을 믿지 않는 것으로 여겨 매일같이 술을 마신다. 그리고 깊은 상심과 모욕감을 느끼며 집을 나가게 된다.

막상 에멜리얀이 떠나니 아스따피는 그가 길에서 죽지는 않을까 걱정한다. 추운 거리에서 지낼 그를 생각하니 슬픔과 양심의 가책을 느꼈고, 친구를 잃을까 봐 두려워졌다. 또 그를 믿지 못해 옷장을 잠근 자신의 행동을 자책하기도 했다. 아스따피는 에멜리얀을 찾아 나서지만 어디에도 그는 없었고, 닷새째 되던 날 결국 찾기를 포기한다. 그런데 바로 그날, 에멜리얀이 할 말이 있다며 돌아온다. 그가 돌아오자 아스따피는 기뻐하며 먹을 것을 차려주고 보드카도 한 병 내놓는다. 하지만 에멜리얀은 자신은 이제 술을 마시지 못할뿐더러 아스따피의 곁을 영원히 떠날 거라고, 또 자신이 찾아온 것은 떠나기 전에 할 말이 있어서라고 말한다. 아스따피는 그가 아프다는 것을 알아채고 침대에 눕힌 뒤 의사를 불렀지만, 의사는 가망이 없다고 말한다.

에멜리얀과 아스따피는 마지막 대화를 나눈다. 정신을 거의 잃기 직전인 에멜리얀은 자신의 낡은 외투를 팔면 얼마나 받을 수 있을지 아스따피에게 물었다. 누더기 같은 옷이었기에 아무도 돈을 주고 사지 않겠지만, 아스따피는 에멜리얀에게 상처를 주고 싶지 않아 3루블 정도를 받을 수 있다고 거짓말한다. 에멜리얀은 자신이 죽으면 돈을 써서 땅에 묻지 말고, 꼭 외투를 팔아 가계에 보태라고 말한다. 에멜리얀의 순진무구한 말에 마음이 아파 아스따피는 아무 말도 하지 못한다.

마침내 에멜리얀은 아스따피의 귀에 대고 바지는 사실 자신이 가져간 것이라고 고백했다. 아스따피는 숨을 몰아쉬며 생사를 오가는 에멜리얀에게 "하나님이 당신을 용서할 겁니다. 평안히 이 힘겨운 세상을 떠나세요. 불쌍한 에멜리얀!"이라고 마지막 인사를 건넨다. 그리고 에멜리얀은 죽음을 맞이한다.

② 등장인물

나(화자)

외부 이야기의 서술자로, 외로움과 무료함을 느끼며 살던 중 아파트 작은방에 세를 내어준 아스따피와 함께 살며 즐거움을 느끼는 인물이다.

아스따피

핵심적인 내부 이야기를 풀어내는 이야기꾼으로, 가난하고 힘든 처지이지만 자신과 함께 지냈던 더 가난한 에멜리얀을 진심으로 걱정하는 인물이다. 에멜리얀의 죄를 용서하고 그를 가엽게 여긴다.

에멜리얀

가난한 방랑자에 술주정뱅이이다. 아스따피의 승마바지를 훔친 사실을 감추는 과정에서 아스따피에게 상처를 받게 되지만, 죽기 직전에 아스따피를 찾아와 자신의 죄를 회개하고 용서를 구하는 인물이다.

2. 용서와 사랑의 힘, 연민

〈정직한 도둑〉은 아스따피의 바지를 훔친 에멜리얀이 숨을 거두기 직전에 도둑질을 인정한다는 결말을 통해 온갖 비참함 속에서도 인간성을 포기하지 않은 한 사람의 이야기를 전하고 있다.

  세 인물은 도둑질에 대해 각기 다른 입장을 지니고 있다. 먼저 화자인 '나'는 외투를 도난당했지만 쉽게 단념한다. 넉넉한 형편이기 때문에 그랬던 것은 아니다. '나' 역시 외투가 두 벌밖에 없는 가난한 처지였지만, 한 벌이 남아 있는 것을 다행이라 여기며 현실을 받아들인다.

하지만 아스따피는 도난당한 외투가 자신의 것이 아님에도 불구하고 외투 주인보다 더 속상해하고 분개한다. 이는 아마 자신도 도둑질을 당한 경험이 있었기 때문이었을 것이다.

한편, 에멜리얀은 자신의 어려운 처지를 도와준 친구 같은 존재인 아스따피의 바지를 훔친다. 그리고 자신을 향한 의심을 부인하며, 심한 모욕감까지 느낀 채 급기야 집을 나가게 된다. 하지만 결국 죽기 직전 자신의 잘못을 시인한다. 이러한 행동은 '정직'이라는 가치와는 거리가 먼 듯 느껴진다. 오히려 뻔뻔함이나 한심함 같은 단어가 더 잘 어울릴 듯하다.

'정직한 도둑'이라는 말은 참 아이러니하다. '정직'과 '도둑'이라는 단어는 도무지 어울리지 않기 때문이다. 화자인 '나' 역시 '정직한 도둑'이라는 말에 의문을 제기한다. 그럼에도 왜 아스따피는 에멜리얀을 그냥 도둑이 아닌 '정직한 도둑'이라고 부른 것일까?

우리가 만약 아스따피와 같은 상황에 처한다면, 에멜리얀을 용서할 수 있을까? 그럴 수 없을 것 같다는 사람도 물론 있겠지만, 그러고 싶지 않다는 사람이 더욱 많을 것이다. 자신을 돌보지 않고 거짓말을 일삼으며 가까운 사람의 물건까지 훔친 사람을 용서해야 할 이유는 어디에도 없기 때문이다. 그러나 아스따피는 그러한 이유에 얽매이지 않았다. 아스따피는 에멜리얀이 도둑이라는 사실을 확신하고 있었지만, 그가 다시 돌아왔을 때 아무것도 묻지 않앉고, 그를 추궁하지도 않았다. 진심으로 그가 돌아온 것을 기뻐했고, 저녁과 술을 대접하며 환영했다. 아스따피는 그저 자신과 함께 지내던 사람이 집을 떠나 거리에서 방황하고 아파할 것이 걱정됐을 뿐이었다.

아스따피는 어떻게 일반인들의 인식 수준을 뛰어넘어 이런 원초적인 사랑을 보일 수 있었을까? 이는 그가 에멜리얀의 처지를 이해하고 연민했기 때문이다. 물론 자신도 가난했지만, 그는 자신보다 더 가난하고 힘든 사람을 안타깝게 여기고 도울 줄 아는 사람이었다. 그랬기에 그는 에멜리얀의 도둑질을 범죄라고 매도하기보다는, 그것에서 가혹한 현실을 살아내는 한 사람의 약함을 발견했을 것이다.

이 소설은 에멜리얀의 행동을 정당화하려는 것이 아니다. 그는 분명 몇 번이나 정직해지기를 포기했다. 하지만 그는 생의 마지막 순간에 용기를 내어 자신의 잘못을 털어놓았다. 그렇게 자신의 인간성을 회복하기 위해 용기를 낸 것이다.

자신의 물건을 훔쳐 간 자를 용서하고 추궁하지 않으며, 오히려 걱정하는 마음. 남의 물건을 훔친 것에 양심의 가책을 느끼고 회개하는 마음. 이런 마음들이 우리를 인간으로서 살아가게 한다. 우리는 규범과 약속을 지키며 사회적 동물로 살아가지만, 그러한 것들을 뛰어넘는 인간적 사랑을 만나기도 한다. 이를 가능하게 하는 것은 서로에 대한 깊은 이해와 공감이고, 이는 도스토옙스키가 그의 문학을 통해 추구한 궁극적인 인간상이었을 것이다.

3. 도스토옙스키의 액자소설

도스토옙스키의 작품 중에는 작중 인물이 이야기를 서술하는 액자식 구성의 소설이 몇몇 있는데, 〈정직한 도둑〉 역시 그중 하나이다. '액자식 구성'은 사진이나 그림이 액자 속에 담겨 있는 것처럼, 전달하고자 하는 이야기를 다른 이야기 속에 집어넣어 표현하는 것을 의미한다. 하나의 이야기 속에 또 하나의 이야기가 들어 있으며, 이때 핵심 서사는 주로 내부 이야기가 된다. 하지만 그렇다고 외부 이야기가 중요하지 않은 것은 아니다. 어떤 액자를 선택하는가에 따라 들어가는 그림이나 사진의 품격이 달라지는 것처럼, 액자소설에서 외부 이야기는 내부 이야기의 가치를 끌어올리는 역할을 할 수 있다.

〈정직한 도둑〉에서 화자인 '나'와 이야기꾼 '아스따피' 사이에 발생한 사건은 액자의 기능을 하고 있다. 그리고 아스따피와 에멜리얀의 과거 일화가 내부 이야기이다. 그렇다면 도스토옙스키는 왜 처음부터 아스따피와 에멜리얀의 일화를 꺼내지 않고, '나'와 아스따피의 이야기를 액자로 설정했을까?

첫째, 내부 이야기의 개연성을 강화하기 위한 장치일 수 있다.

외부 이야기에서 '나'가 외투를 도둑맞은 것과 내부 이야기에서 아스따피가 바지를 도둑맞은 것은 무척 유사하게 보인다. 그리고 내부 이야기를 전달하는 인물이 자신의 경험을 풀어놓고 있기 때문에, 실제로 있었던 일처럼 사실적으로 독자에게 전달되는 효과를 얻을 수 있다.

둘째, 내부 이야기를 듣는 청자인 서술자 '나'로 하여금 사건 당사자가 아닌 제삼자의 관점을 드러내게 할 수 있다. 만일 아스따피가 자신의 이야기를 처음부터 끝까지 서술하는 구성을 취했다면 '어떻게 도둑이 정직할 수 있는가?'와 같은 '나'의 의문은 끼어들 수 없을 것이다. 따라서 이 소설은 외부에서 내부 이야기를 듣는 사람을 설정해 자칫 편향적으로 서술되기 쉬운 이야기에 대한 객관적 시각을 확보할 수 있게 되었다.

마지막으로, '정직한 도둑'이라는 제목 속 '정직함'과 '도둑'의 수식 관계를 재고할 수 있게 한다. 애초에 이야기 속 에멜리얀을 '정직한 도둑'이라고 정의한 것은 이야기꾼인 아스따피이므로, 독자는 아스따피가 제시한 '정직함'이라는 가치에 대해 동의할 것인지 자문해 볼 수 있는 위치에 놓이게 된다. 이때 독자는 외부 이야기의 화자인 '나'처럼 그가 왜 정직한 도둑인지에 대해 궁금함을 표할 수도 있고, 아스따피가 생각하는 '정직함' 안에 담긴 다양한 문제들에 대해 고민해 볼 수도 있다. 다시 말해, '정직한 사람'이 도둑질을 했다는 아스따피의 말은 작품의 주제 의식으로 전달되지 않고, 독자가 '정직함이란 무엇인가?'라는 더 본질적인 삶의 문제에 대해 생각하도록 하는 데까지 이끄는 것이다.

4. 정직함과 인간성

인간의 눈은 눈동자보다 흰자의 면적이 더 넓어서 눈동자의 움직임이 그대로 드러난다. 그래서 어디를 쳐다보고 있는지는 물론이고, 무슨 생각을 하고 있는지까지도 상대방이 대략 짐작할 수 있다. 왜 인간의 눈은 이렇게 의도나 감정이 드러나는 형태로 진화했을까? 이는 투명하게 나를 보여주고 솔직해지는 것이 공동체에서 협동을 이루는 데 유리하다는 교훈이 인류의 몸에 새겨진 결과라 할 수 있다.

하지만 지금의 우리는 정직함을 유지하기 어려운 세상을 살아가고 있다. 자신의 이익을 위해서라면 남을 속이는 일에 거리낌이 없고 그것을 부끄러워하지도 않는 사람들, 양심이 무뎌져 어떠한 죄의식도 느끼지 못하는 사람들, 그러한 사람들이 점점 많아지는 현실 속에서 '착하게 살면 바보가 된다.', '정직하면 호구가 된다.'라는 말이 당연한 이치처럼 받아들여지기도 한다.

'정직'이란 '마음에 거짓이나 꾸밈이 없이 바르고 곧음'을 의미한다. 아주대학교 심리학과 김경일 교수는 "정직함이란 가져야 할 미덕이 아니라 반드시 갖춰야 하는 역량이다."라고 말한 바 있는데, 이는 우리가 정직해지기 위해서는 능력을 개발하는 수준으로 부단히 노력해야 한다는 말이다. 그렇다면 정직함은 왜 우리 삶에서 중요한 것일까? 실제로 정직함은 우리 삶에 어떤 영향을 미치고 있을까?

정직함과 관련된 심리 도서인 이기범 교수의 《H팩터의 심리학》에서는 정직함이 얼마나 많은 것을 결정하는지 보여준다. 그는 수많은 연구를 통해 남들에게 축출되거나 버림받기 쉬운 사람으로 '정직하지 않은 사람'을 꼽았다. 인류는 정직하지 않고 이기적이며 모략적인 사람들을 인간관계에서 배제하는 과정을 통해 생존해왔다고 본 것이다. 그는 또 정직하지 못하고 이기적인 사람들은 단기적인 성공을 만들어낼 수는 있지만, 결국 마지막에는 비참하고 단호하게 사회로부터 버려질 수 있다고도 말했다.

소설에서 '정직한 도둑'으로 칭해지는 에멜리얀은 사실 정직하지 않은 선택을 했다. 도둑질이라는 중한 범죄를 저질렀고, 그 사실을 감추기 위해 계속해서 거짓말을 하며 분개했다. 그럼에도 그가 '정직한'이라는 수식을 받을 수 있는 이유는, 죽음을 앞둔 순간에 그것이 잘못된 일이었음을 뉘우치고 용서를 구함으로써 인간성을 지켰기 때문이다. 〈정직한 도둑〉은 정직함이라는 가치와 윤리적 문제에만 국한되지 않고 인간성을 잃지 않는 선택에 대해 고민하도록 이끌어 진정 인간다운 모습을 좇게 만든다.

악령

Бесы, 1872

도스토옙스키의 작품 중 가장 잘 알려진 것으로는 《죄와 벌》, 《카라마조프가의 형제들》이 꼽히지만, 《악령》도 그에 버금갈 만큼 작품성을 인정받는 소설이다. 1인칭 관찰자 시점과 전지적 작가 시점을 오가는 애매한 시선, 러시아의 역사와 사상에 대한 심도 있는 설명 등이 《악령》을 '읽기 어려운 작품'이라 평가하게 하지만, 도스토옙스키의 작품 중에서도 손에 꼽을 만큼 매력적인 인물들이 등장하는 소설이기도 하다. 당시 러시아에서 일어난 '네차예프 사건'을 모티브로 여러 사상과 정치에 대한 비판을 담고 있다.

1. 줄거리와 등장인물

① 줄거리

소설은 러시아 어느 한 지방의 소도시에서 시작한다. 그곳에는 부유한 지주인 바르바라 부인이 있다. 스쩨빤은 부인의 아들 니꼴라이 스따브로긴의 가정교사로 초빙된 이후 거의 20년 동안 바르바라의 후원을 받으며 살아가고 있다. 어린 시절부터 스쩨빤의 밀착교육을 받은 스따브로긴은 귀족 학교에 진학해 오랫동안 도시를 떠나 있게 되었고, 방탕한 생활을 하다가 20대 청년이 되어 도시로 돌아온다. 스따브로긴은 독립한 뒤 이곳저곳을 떠돌며 수많은 여자와 염문을 뿌리는 등 어머니에게 근심을 안긴다.

스따브로긴의 등장은 평온한 도시에 기묘한 술렁임을 만든다. 그는 부유한 배경뿐만 아니라 수려한 외모와 우아함을 지니고 있어서 사람들의 마음을 사로잡았다. 하지만 그는 모두가 지켜보는 앞에서 어느 신사의 코를 아무 이유 없이 잡아당긴다든지, 다른 남자의 부인에게 갑자기 키스한다든지, 지사의 귀를 깨무는 등 상식의 범주를 벗어난 이상 행동을 보였다. 사람들은 그런 스따브로긴의 모습에 경악하면서 그가 정신적인 문제를 가지고 있는 것은 아닌지 의심한다. 이에 스따브로긴은 요양을 위해 도시를 떠나고, 4년 뒤 온전해진 모습으로 돌아온다.

바르바라는 아들의 귀환을 기대하며 그를 친구의 딸 리자와 결혼시키려 한다. 그러면서 다른 한편으로는 자신의 수양딸인 다샤를 스쩨빤에게 시집보내려 한다. 바르바라가 자신을 남자로 생각하는 줄로 알고 있었던 스쩨빤은 내심 실망한다. 그러던 중 그는 다샤가 스따브로긴과 염문이 있었다는 사실을 알게 된다. 그는 바르바라의 결혼 제의가 사실은 스따브로긴과 관련된 문제를 해결하기 위해 자신에게 '타인의 죄'를 뒤집어씌우는 것이 아닌지 의심하며 괴로워한다. 그러나 그는 아들 뾰뜨르의 유산으로 남겨진 땅을 몰래 팔아왔기 때문에, 아들에게 줘야 할 돈이 급해 바르바라의 말을 거절하지 못한다. 스쩨빤은 결국 어느 일요일 아침에 다샤와의 약혼을 사람들에게 공표하기로 한다.

그 무렵 도시에는 몸과 정신이 모두 온전치 않은 절름발이 여인 마리야와 스따브로긴 사이에 비밀스러운 관계가 있다는 소문이 돈다. 범인은 마리야의 오빠인 레뱟낀이었다. 그는 스따브로긴이 돌아오면 크게 한몫 챙길 수 있을 것이라 기대하며 마리야가 스따브로긴의 아내라는 소문을 퍼뜨렸다.

바르바라 부인은 예배를 드리러 간 교회에서 마리야를 만나 집으로 데리고 온다. 부인의 집에는 스쩨빤과 다샤, 그리고 다샤의 오빠인 샤또프가 와 있었다. 이후 레뱟낀의 난입으로 모임이 잠시 어수선해지고, 이어 스따브로긴과 묘한 관계에 있는 리자가 방문한다. 게다가 유럽에서 돌아온 스따브로긴과 스쩨빤의 아들 뾰뜨르까지 자리에 함께하게 된다. 이 자리에서 뾰뜨르는 마리야와 스따브로긴의 소문에 대한 진상을 밝히는데, 사실은 스따브로긴이 단지 마리야에게 친절을 베풀었다는 이유만으로 마리야가 망상을 했던 것이었다. 그런데 이 모든 것이 밝혀지는 과정에서도 스따브로긴은 마리야의 손에 입을 맞추고 그녀를 집까지 데려다주는 친절을 베푼다.

이어 뾰뜨르는 모두가 있는 자리에서 스쩨빤이 자신에게 보낸 편지의 내용을 폭로한다. 그 편지에는 스쩨빤이 '타인의 죄', 즉 누군가의 죄악으로 인해 자신이 결혼하게 된 것 같다는 의심이 담겨 있었다. 바르바라는 자신을 의심한 스쩨빤에게 큰 분노를 느끼고 절연을 선언한다. 이에 더해 뾰뜨르는 스따브로긴과 다샤의 묘한 관계를 언급해 아버지인 스쩨빤을 난처하게 만든다. 다샤의 오빠 샤또프는 화가 나 스따브로긴의 뺨을 후려치는데, 원래는 당한 만큼 반드시 되돌려 주는 스따브로긴이 어쩐 일인지 가만히 침묵해 분위기가 더욱 심각해진다. 스따브로긴을 좋아했던 리자는 이 모든 상황을 목격하고 기절해 버린다.

뾰뜨르는 러시아 사회의 급진적 변혁을 꾀하는 인물로, 여러 음모를 꾸미고 있었다. 그는 자신의 정치적 목적을 수행하기 위해 도시의 지사 렘쁘낀의 부인 일리야의 환심을 산다. 또 스따브로긴에게 자신의 정치적 계획 전면에 서주길 바란다는 뜻을 전한다. 그러나 스따브로긴은 냉소적인 반응을 보인다. 그 뒤 스따브로긴은 샤또프를 찾아가 뾰뜨르의 음모에 대해 넌지시 일러준다. 샤또프 역시 뾰뜨르와 같은 사상을 가지고 있었지만, 최근 전향했기에 단체에서는 발을 빼려고 했다.

한편 스따브로긴은 레뱟낀과 마리야 남매가 사는 곳을 찾아가 자신과 마리야의 결혼을 공식적으로 공표하겠다고 선언한다. 그렇게 두 사람은 법적인 혼인 관계가 된다. 그리고 그 사실을 일리야의 살롱에서 공개하는데, 사람들은 몸과 정신이 모두 온전치 않은 마리야와의 결혼이 스따브로긴에게 약점이 되리라 생각한다. 그 뒤 살롱에서 서둘러 떠나는 스따브로긴의 뒤를 리자가 급히 따라나서면서 도시 전체에 이 둘에 대한 추문이 퍼지게 된다. 스따브로긴은 집으로 돌아가는 길에 페지카라는 유형수를 만나 레뱟긴과 마리야 남매를 제거해 주겠다는 제안을 받는데, 애매한 태도를 취하며 돈을 준다.

지사의 아내 일리야는 가정교사들을 위해 모금을 한다는 명목으로 문학 낭독회와 무도회로 구성된 자선 파티를 연다. 그 파티를 열도록 부추긴 인물은 뾰뜨르였다. 이미 그는 렘쁘낀과 일리야의 정신을 장악하고 있었다. 특히 일리야는 뾰뜨르에게 완전히 마음이 빼앗긴 상태였기 때문에, 단순히 청원하러 온 시뻬굴린 공장의 노동자 27명을 폭도로 오해하게 된다.

1부 문학 낭독회에는 많은 군중이 몰려들었는데, 불량배가 난입하거나 저속한 시가 낭독되는 등 분란이 일어나 어수선하게 종료되었다. 그러나 지사와 그의 부인은 이미 뾰뜨르에게 지배되어 올바른 판단을 내리지 못하고 2부 무도회까지 강행한다. 그때 강 너머 건넛마을에 큰 화재가 발생해 파티는 혼란 속에 마무리된다.

그 뒤 마을에 불이 난 것이 공장 노동자들의 만행이라는 헛소문이 돈다. 화재로 집을 잃은 사람 중에는 스따브로긴의 법적 아내 마리야도 있었다. 그런데 그곳에서 레뱟낀과 마리야가 살해된 채 발견되었고, 사람들이 현장으로 몰려든다. 이 소식을 들은 리자도 그들의 집으로 향하는데, 모여 있던 사람들은 스따브로긴과 추문이 돌았던 리자가 살인을 사주한 것이라 판단하고 그녀를 집단 폭행해 죽인다. 이 혼란한 상황에서 스따브로긴은 도시를 떠난다.

그 와중에 뾰뜨르의 정치 공작은 계속된다. 그는 전향한 샤또프가 자신을 밀고할 거라 생각해 그에게 모든 것을 뒤집어씌우기로 결정한다. 이후 혁명을 위한 비밀결사 '5인조'를 만들고 모의한다. 5인조의 구성원은 자신들이 무엇을 해야 하는지도 정확히 모른 채, 뾰뜨르의 은밀한 암시와 공작에 회유당한다. 뾰뜨르는 그들에게 샤또프를 없애야 한다고 설득한다.

한편 샤또프의 집에 3년 전 헤어졌던 아내 마리가 돌아온다. 그녀는 스따브로긴의 아이를 가진 채 찾아왔고, 샤또프는 자신이 생부가 아님에도 마리를 반기며 출산을 돕는다. 마리가 아이를 출산한 날, 진심으로 기뻐하던 마음도 잠시 그는 5인조와 뾰뜨르에 의해 공원에서 총살당하고 만다.

이어 뾰뜨르는 같은 건물에 살고 있는 끼릴로프를 찾아간다. 끼릴로프는 오래전부터 인신 사상을 가지고 권총으로 자살을 하려 계획하고 있었다. 인신 사상이란 '자살을 통해 죽음에 대한 공포를 극복하고 진정한 자유를 선언해 스스로 신의 경지에 이른다.'라는 사상이다. 뾰뜨르는 이것을 이용해 그에게 혁명 조직의 범죄를 대신 덮어쓰는 유서를 쓰게 하고 자살을 유도한 뒤, 5인조를 남겨둔 채 기차를 타고 떠난다.

곧 경찰이 끼릴로프의 유서를 발견하고, 얼마 뒤 샤또프의 시체도 연못에서 떠오른다. 도시에는 샤또프의 죽음과 혁명 조직이 연루되어 있다는 소문이 떠돈다. 이후 5인조 중 살인의 중압감을 이기지 못한 람신이라는 인물의 자백으로 사건의 전말이 밝혀진다. 5인조는 모두 검거되나, 뾰뜨르는 잡히지 않았다.

한편 일리야의 낭독회에서 큰 망신을 당했던 스쩨빤은 20년간 함께 했던 바르바라 부인의 집을 떠나 순례길에 오른다. 그러나 도중에 열병에 걸려 죽고, 바르바라는 그를 찾아와 우정으로 마지막을 지켜준다.

스따브로긴은 다샤에게 편지를 한 통 보내는데, 그녀와 정착해 살고 싶다는 내용이었다. 편지를 받은 다샤가 바르바라 부인과 함께 스따브로긴을 찾아 나서려는데, 스따브로긴이 다락방에서 자살한 채 발견되며 소설의 막이 내린다.

덧붙여서, 이 소설의 마지막에는 '찌혼의 암자에서'라는 부록이 있다. 이 부록은 마치 영화가 끝난 뒤에 삽입되는 쿠키 영상처럼 소설 중간에 나오지 않았던 내용을 보여주는데, 왜 스따브로긴이 마리야와 결혼할 결심을 했는지에 대한 것이다. 짤막하게 소개하자면 스따브로긴이 상트페테르부르크에서 어린 소녀를 겁탈해 자살에 이르게 만들었고, 자신의 추악한 행위를 더 추악한 행위로 벌하고자 절름발이 여자와 결혼했다는 고백이다.

② 등장인물

니꼴라이 스따브로긴

소설의 주인공이라 볼 수 있는 인물로, 바르바라 부인의 아들이다. 수려한 외모와 카리스마를 지니고 있다. 생각이 많고 과묵한 아이였으나, 유학에서 돌아온 후 기이한 행동으로 정신적 문제가 있는 것이 아닌지 의심받을 만한 모습을 보인다. 자신의 존재에 대해 끊임없이 고뇌하며, 주변 여자들을 능욕하고 죽게 만드는 등 갖은 기행도 일삼는다. 죄의식 없이 방황하다가 결국 자살로 생을 마감한다.

> 한쪽은 그를 신인 양 떠받들었고, 다른 쪽은 그를 원수라도 되는 것처럼 증오했다. 그러나 두 쪽 모두 제정신이 아니긴 마찬가지였다. 일부는 그의 영혼 속에 어떤 숙명적인 비밀이 있을지도 모른다는 사실에 특히 매혹되었고, 일부는 그가 살인자라는 사실을 진실로 마음에 들어 했다.

뾰뜨르

아버지인 스쩨빤과는 교류 없이 자랐으며, 유럽에서 고등교육을 받았다. 스따브로긴을 따라 아버지가 있는 지역으로 왔으며, 아버지를 좋아하지 않는다. 그는 스따브로긴을 우상으로 여기고 숭배

하면서 동시에 그를 이용하기도 하는 비열한 인물이다. 젊은이들을 선동하고 '5인조'라는 비밀 조직을 만들어 이들을 이용해 갖은 기행을 저지른다. 샤또프가 5인조를 배신했다고 거짓 선동해 그를 죽게 하고, 끼릴로프는 5인조의 죄를 뒤집어쓴 채 권총으로 자살하도록 유도한다.

> 뾰뜨르 스제바노비치는 꽤 똑똑한 사람일지 모르지만, 유형수 페지카가 정확히 표현했듯이 다른 사람을 제멋대로 단정해 버리고는 그걸 바탕으로 살아가는 사람이었다.

샤또프

다샤의 오빠. 따뜻한 마음씨를 지녔다. 스따브로긴을 따르고 뾰뜨르와 갈등하다가 결국 그가 결성한 5인조에 의해 비극적인 최후를 맞는다. 신인론(神人論)을 믿는다. 《악령》의 모티브가 된 네차예프 사건의 피해자 '이반 이바노프'를 기반으로 창조되었다.

> 토끼 소스를 만들기 위해서는 토끼가 있어야 하고, 신을 믿기 위해서는 신이 있어야 한다.

끼릴로프

신인론(神人論)을 믿는 샤또프와 반대로 인신론(人神論)을 신봉한다. 자신의 자아 의지를 주장하기 위해 자살을 계획하고 있다. 샤또프가 살해되었을 때, 뾰뜨르의 종용으로 5인조의 죄를 뒤집어쓰는 유서를 쓰고 권총으로 자살한다.

> 만약 신이 존재한다면 모든 것은 그저 신의 의지일 뿐, 나는 거기서 벗어날 수 없어. 반대로 만약 신이 없다면 모든 의지는 나의 것이니, 나는 자아 의지를 표명할 의무가 있는 거야. (중략) 나는 자아 의지를 표명하고 싶어. 혼자라도 나는 할 거야. (중략) 나는 자살할 의무가 있어. 왜냐면, 내 자아 의지의 가장 완전한 지점은 내가 나를 죽이는 것이기 때문이지.

바르바라

스따브로긴의 어머니이며, 소도시의 대지주이자 귀족이다. 도시에서 실질적으로 가장 큰 영향력을 행사하고 있으며, 스따브로긴이 돌아온 후 아들 때문에 괴로워한다. 스쩨빤의 후원자이다.

스쩨빤

뾰뜨르의 아버지. 상류층 교육을 받았다는 사실에 큰 자부심을 가지고 있는 뛰어난 지식인이다. 스따브로긴의 가정교사로 일했으며, 그가 유학을 떠난 후에도 바르바라 부인의 후원을 받으며 살아간다. 아들을 비롯한 젊은 사상가들과 마찰을 겪는다.

다샤

바르바라가 스쩨빤에게 결혼할 상대로 정해준 여자이다. 스따브로긴과의 염문에 휘말린 적이 있다.

마리야

정신이 온전치 못한 데다가 다리까지 저는 여성이다. 레뱟낀과 남매이며, 스따브로긴과는 법적 혼인 관계가 된다.

레뱟낀

마리야의 오빠이자 전직 대위. 현재는 술꾼이며, 마리야와 스따브로긴에 대한 소문을 퍼뜨리는 인물이다. 마리야와 스따브로긴이 정식으로 결혼한 뒤, 마리야와 함께 죽음을 맞이한다.

리자(리자베타)

바르바라 부인의 친구의 딸. 귀족이며, 아름답고 지적인 여성이다. 약혼자가 있지만 스따브로긴을 사랑한다. 스따브로긴과 가까운 여성들에게 심한 질투를 느끼며, 난봉꾼인 스따브로긴에 대한 증오도 지니고 있다.

렘쁘께

소도시의 지사. 일리야의 남편이다.

일리야

렘쁘께의 부인. 뾰뜨르에게 정신적으로 지배당해 올바른 선택을 하지 못하고 이용만 당하는 인물이다.

사람들은 앞다투어 그녀에게 맞장구를 쳤다. 불행한 부인은 한순간에 여러 세력의 먹잇감이 되었지만, 당사자는 조금의 의심도 없이 자신이 독창적이라 생각하고 있었다. 노련한 사람들은 부인 주변을 맴돌며 자신들의 이익을 꾀했고, 그녀가 지사 부인으로 머무는 짧은 기간 동안 그녀의 단순함을 마음껏 이용했다.

2. 19세기 러시아의 현실이 드러난 작품

도스토옙스키의 5대 장편 중에서 유독 거칠다는 평을 받는 작품임에도 불구하고《악령》은 여전히 많은 사람에게 읽히고 있다. 오히려 그 거친 느낌이 1861년 농노해방 당시 러시아 사회의 모습을 사실적으로 보여주는 장치가 되고 있기 때문이다.

19세기에 전성기를 맞이한 러시아 제국의 모습은 겉으로는 무척 화려했다. 황제의 권력은 막강했으며, 귀족들은 막대한 부를 누리고 있었다. 영토는 방대했고, 군사력은 강대했다. 그러나 그것은 겉으로 드러난 화려함이었다. 그 화려함을 누릴 수 있는 것은 권력층과 귀족들뿐이었기 때문이다. 국토의 대부분을 귀족들이 차지하고 있었고, 그곳에서 일하는 농노들은 비참한 생활을 해야만 했다. 이후 내부에서 개혁의 목소리가 커지게 되면서, 알렉산드르 2세에 의해 농노해방을 맞이한다. 그러나 전보다 형편이 조금 나아졌을 뿐, 농민들은 여전히 무거운 세금에 허덕이며 어려운 삶을 살아야 했다. 소설 곳곳에서 이러한 역사적 사실이 드러나는 것을 확인할 수 있다.

만약 러시아가 그들의 방식대로 갑작스레 개조되거나, 아니면 갑자기 엄청나게 부유해지거나 행복해진다면, 그들은 가장 먼저 지독히 불행해질 거야. 그렇게 되면 그들은 증오할 대상, 침을 뱉을 대상, 조롱거리를 잃어버리거든! 거기에는 러시아에 대한 동물적이고 끝없는 증오, 유기체를 좀먹는 증오밖에 없어.

또 도스토옙스키가 이 소설을 쓸 당시에는 과격 혁명파들이 소동을 일으켜 사회적으로 문제가 되고 있었다. 그는 이들을 못마땅히 여겼다. 그가 사형 선고까지 받을 정도로 급진적인 사회주의에 몸담았던 것을 생각한다면, 큰 변화라 할 만하다. 아마 그는 시베리아 유형을 지내는 동안 자신의 생각이 틀렸다는 것을 깨달았을 테고, 《악령》을 통해 혁명파들의 파괴적인 행동에 대한 비판을 전하고 싶었을 것이다.

3. 네차예프 사건과 '악령'이 상징하는 것

이 소설은 〈누가복음〉의 한 장면으로 시작된다.

예수께서 뭍에 오르셨을 때에 그 동네에서 나온 마귀 들린 사람 하나
와 마주치시게 되었다. 그는 오래전부터 옷을 걸치지 않고 집 없이 무
덤들 사이에서 살고 있었다.

그는 예수를 보자 그 앞에 엎드려 "지극히 높으신 하느님의 아들 예수
님, 왜 저를 간섭하십니까? 제발 저를 괴롭히지 마십시오." 하고 크게
소리 질렀다.

그것은 예수께서 이미 그 더러운 악령더러 그 사람에게서 나가라고
명령하셨기 때문이다. 그 사람은 여러 번 악령에게 붙잡혀 발작을 일
으키곤 하였기 때문에 쇠사슬과 쇠고랑으로 단단히 묶인 채 감시를
받았으나 번번이 그것을 부수어버리고 마귀에게 몰려 광야로 뛰쳐나
가곤 하였던 것이다.

예수께서 "네 이름이 무엇이냐?" 하시자 그는 "군대라고 합니다." 하
고 대답하였다. 그에게 많은 마귀가 들어가 있었기 때문이다.

마귀들은 자기들을 지옥에 처넣지는 말아달라고 예수께 애원하였다.

마침 그곳 산기슭에는 놓아 기르는 돼지 떼가 우글거리고 있었는데
마귀들은 자기들을 그 돼지들 속으로나 들어가게 해달라고 간청하였
다. 예수께서 허락하시자

128

마귀들은 그 사람에게서 나와 돼지들 속으로 들어갔다. 그러자 돼지 떼는 비탈을 내달려 모두 호수에 빠져 죽고 말았다.

돼지 치던 사람들이 이 일을 보고 읍내와 촌락으로 도망쳐 가서 사람들에게 알려주었다.

사람들은 무슨 일이 일어났는가 하고 보러 나왔다가 예수께서 계신 곳에 이르러 마귀 들렸던 사람이 옷을 입고 멀쩡한 정신으로 예수 앞에 앉아 있는 것을 보고는 그만 겁이 났다.

이 일을 처음부터 지켜본 사람들이 마귀 들렸던 사람이 낫게 된 경위를 알려주었다.

-〈누가복음〉 8장 27~36절

이는 마귀, 다시 말해 '악령'이 들린 남자를 고치는 예수의 이야기이다. 남자에게서 쫓겨나온 마귀 군대는 예수에게 허락을 구하고 돼지 떼로 들어가 호수로 내달려 몰사한다. 그 뒤 마귀 들렸던 남자가 정신이 돌아온 것을 본 사람들은 겁을 먹고, 그 자리에서 모든 일을 지켜본 사람들은 남자가 낫게 된 경위를 알려준다.

《성서》에는 마귀, 즉 악령이 등장하는 대목이 매우 많다. 그럼에도 도스토옙스키가 특히 이 대목을 선택해 작품의 문을 여는 장치로 사용한 것은 주목할 만하다. 독자는 작품을 읽으면서 끊임없이 제목 '악령'이 상징하는 바가 무엇인지 궁금해하게 된다. 돼지의 몸으로 들어가 몰살당한 악령들의 이야기를 통해 그가 말하고 싶었던 것은 무엇인지 알기 위해서는, 이 작품의 모티브가 된 실제 사건 '네차예프 사건'에 대해 살펴볼 필요가 있다.

21살의 청년 세르게이 네차예프는 악명 높은 니힐리스트였다. 니힐리스트란 모든 사상, 의미, 권위, 도덕을 철저하게 부정하는 급진주의적 사상을 지닌 사람을 지칭한다. 네차예프는 학생 운동에 깊이 관여했고, 혁명가들과도 널리 교류하는 열정적인 모습으로 이름을 알렸다. 그러나 그가 가진 사상은 주변 인물들을 뒷걸음치도록 만들었다. 그것은 한마디로 테러 그 자체였다. 그는 완전하며 무자비한 파괴를 추구했다.

네차예프는 무정부주의 비밀결사를 조직했고, 그와 사회변혁의 뜻이 맞은 이반 이바노프가 조직에 참여한다. 그러나 곧 네차예프의 리더십에 의문을 품고 갈등을 겪다 결국 탈퇴하게 된다. 분노한 네차예프는 이바노프가 조직을 밀고할 것이라는 헛소문을 퍼뜨려 조직을 선동했고, 동지들과 함께 이바노프를 구타하고 목을 조른 뒤 관자놀이에 총을 쐈다. 그리고 그의 시신을 연못에 유기했다. 이것이 바로 '네차예프 사건'이다.

이 사건에 큰 충격을 받은 도스토옙스키는 해당 사건의 범인들과 그들의 사상을 비판하기 위해 《악령》을 구상하게 되었다. 처음에는 그저 석 달 정도의 시간을 들여 가벼운 소설을 쓸 생각이었으나, 규모가 점점 커졌다. 실존 인물인 네차예프는 작품 속에서 '뾰뜨르'로, 이반 이바노프는 '샤또프'로 형상화되었다.

소설 속 5인조는 살인, 강도, 밀고, 무고, 방화 등의 범죄를 저지르고, 조직의 일원이 전향의 기미를 보이자 그를 살해하기도 한다. 도스토옙스키는 이렇게 5인조와 같이 러시아를 휘젓고 다니는 니힐리스트들을 '악령'에 비유했다. 혁명과 사회주의 운동을 구실로 비열한 수를 쓰고 남을 이용하는 양심 없는 사람들, 도덕성과 신념을 잃고 자조와 냉소를 보이는 허무주의적 태도를 지닌 사람들. 그들의 모습이 마치 악령에 씌어 죽으러 가는 길인 줄도 모르고 거침없이 호수로 달려가는 돼지 떼들의 모습과 같다는 것을 보여주고 싶던 것이다.

도스토옙스키는 니힐리즘이 사회주의 혁명의 근본이라 생각했으며, 이를 매우 위험하게 여겼다. 그에게 세계란 신이 창조했기에 의미가 있는 것인데, 니힐리즘은 신을 부정하며 모든 것에 의미가 존재하지 않는다고 주장했기 때문이었다. 도스토옙스키에게 신이 없는 혁명이란 더 이상 희망이 아니었다. 또 그는 모든 것에 의미가 없다면 살아야 할 의미도 없지 않느냐라는 의문을 가졌다. 그렇기에 니힐리즘에 이끌린 사람들의 파멸을 작품 속에 그려내고자 했을 것이다.

우리는 모두 악령에 씌어 미쳐 날뛰다가 절벽에서 바다로 몸을 던져 죽을 겁니다. 너무도 당연합니다. 우리는 그 정도밖에 안 되는 인간들이니까요.

마치 더 이상 미래에 대한 기대나 희망 따위는 없다는 듯, 차갑고 신랄한 비판이다. 그런데 석영중 교수는 저서 《매핑 도스토옙스키》에서 조금 더 폭넓은 견해를 제시한다.

도스토옙스키는 소설에서 당대 현실과 미래에 대한 우려뿐만 아니라 과거에 대한 성찰을 보여준다. 그는 1860년대 니힐리스트들의 등장에는 자신을 비롯한 이른바 '40년대 사람들'에게도 책임이 있음을 절감했다. 못된 자식은 부모 책임이란 이야기이다.

이처럼 도스토옙스키는 표면적으로는 잘못된 사상으로 인해 파멸의 길을 걷는 사람들에 대한 비판을 드러내고 있지만, 더 나아가 그러한 사상을 갖게 만든 이전 세대의 책임 또한 분명히 있음을 말하고 싶었을 것이다. 그는 니힐리스트들의 선택에는 자신의 책임도 있다며 자책했던 것으로 보인다. 마치 작품 속의 스쩨빤처럼 말이다. 스쩨빤은 뾰뜨르에 대한 증오와 공포로 치를 떨지만, 죽음을 앞둔 순간에서야 평생 빈말만 지껄이며 살아온 자신이야말로 이 모든 현실의 주범임을 자각한다. 그러면서 돼지 떼의 우두머리는 바로 자신이었다고 절규한다. 도스토옙스키도 그와 같이 생각했을지 모른다. 그리고 자기 내면의 악령을 자각하고 인정할 수 있는 인간과 세대에게, 언제나 희망은 다시 피어난다는 것을 전하고자 했을 것이다.

4. 군중심리와 마녀사냥

작품 속에서 가장 충격적인 장면은 리자의 죽음이다. 리자는 레뱟
낀과 마리야 남매가 살해당했다는 소식을 듣고 그들의 집을 찾았
다가 군중들로부터 집단 폭행을 당해 죽는다. 리자가 사람들에게
죽임을 당한 이유는 바로 확인되지 않은 소문 때문이었다. 리자가
스따브로긴을 따라나섰을 때 두 사람 사이에 추문이 생겨났고, 그
추측은 군중들에 의해 순식간에 기정사실이 되어 리자를 마리야
를 죽인 살인범으로 만들었다.

그때 누군가가 소리쳤다. "스따브로긴의 여자다!" 그러자 다른 쪽에
서도 외쳤다. "죽인 것도 모자라 보러 왔군!" 그때 그녀의 머리 위로
누군가의 손이 올라갔다가 내려왔다. 리자는 쓰러졌다. 마브리끼 니
콜라예비치의 무서운 고함이 들렸다. 그는 리자를 도우려 급히 뛰어
가 자신과 리자 사이를 가로막고 있던 사람을 있는 힘껏 내려쳤다. 그
러나 그 순간 뒤에서 한 사람이 두 팔로 그를 꽉 붙잡았다. 이렇게 시
작된 난투극 속에서 한동안 아무것도 알아볼 수가 없었다. 리자는 몸
을 일으킨 것 같았는데, 또 다른 일격에 다시 쓰러지고 말았다.

이 장면은 군중심리와 마녀사냥의 잔혹함을 적나라하게 보여준
다. 마녀사냥이란 중세 시대에 기독교적 권력을 유지하기 위해 무

고한 여성을 마녀로 몰아 화형에 처하던 것을 의미한다. 이는 18세기 무렵에 사라졌으나, 우리 시대와 삶에 여전히 크고 작은 모습으로 나타난다. 특히 인터넷 매체와 소셜 미디어가 발달한 현대 사회에는 다수의 사람이 특정인을 비방하거나 공격하는 경우가 갈수록 많아지고 있다. 이러한 마녀사냥은 양상은 다르겠지만 모두 집단이 한 개인에게 폭력을 가한다는 점에서 같다. 20세기 프랑스의 사회학자 구스타브 르 봉은 저서 《군중심리학》에서 "군중 속의 개인은 혼자 있는 개인과 완전히 다르다. 군중은 쉽게 흥분하고, 무책임하고, 자주 난폭해진다."라고 말한 바 있다. 발간된 지 130년이 지났지만, 현대의 모습을 정확히 묘사하고 있음을 알 수 있다.

물론 군중은 집단과 연대를 통해 개인보다 더 큰 힘을 발휘하기도 한다. 예를 들어 선행을 베풀고도 불이익을 받은 사람이나 형편이 딱한 사람을 SNS 커뮤니티 이용자들이 힘을 모아 돕거나, 결식 아동에게 식사를 무료로 제공하는 등 인품이 훌륭한 사장님이 운영하는 가게에 찾아가 일명 '돈쭐'을 내주는 등 감동적인 장면들도 많이 만들어진다. 그러나 여전히 '마녀사냥'이라는 키워드로 분류되는 사회적 문제들을 다룬 기사가 하루에도 몇 개씩 쏟아진다. 유명 연예인이 극단적 선택을 했다는 기사를 볼 때면, 그것이 과연 극단적 선택이었을지를 되묻게 된다. 마녀가 된 그들에게 선택의 순간이 주어지긴 했을까.

그러므로 군중이라는 양날의 검을 쥔 우리는 집단 이전에 한 개인으로서 어떻게 살아가야 할지 성찰해볼 필요가 있다. 인간이기에 집단에 속해 살아야 하지만, 그 안에서 자제력을 잃거나 휩쓸리지 않고 옳고 그름을 제대로 판단할 힘을 가져야만 한다. 그렇지 않으면 흥분한 군중에 섞여 의식하지도 못한 채 있지도 않은 마녀를 찾아내는 데 혈안이 되고, 그렇게 색출된 억울한 누군가를 죽이려는 그들에게 동조하게 될지도 모른다. 온 힘을 다해 리자를 죽였던 소설 속의 군중처럼.

《악령》은 어렵고 복잡하지만, 그만큼 깊은 사색과 철학적 고찰이 두드러지는 작품이다. 도스토옙스키 특유의 인간 심리에 대한 깊은 이해와 도덕적 고민이 작중 모든 인물을 살아 숨 쉬게 만드는 듯하다. 그가 '악령'이라는 상징을 통해 드러내고 싶었던 문제들, 그리고 비판보다 더욱 깊은 곳에 숨겨진, 그만이 그려낼 수 있는 자기반성과 아이러니한 희망은 현재를 살아가는 우리에게도 깊은 울림을 준다.

세계문학을 읽다 13

도스토옙스키를 읽다

1판 1쇄 발행일 2024년 6월 24일

지은이 서가윤

발행인 김학원
발행처 (주)휴머니스트출판그룹
출판등록 제313-2007-000007호(2007년 1월 5일)
주소 (03991) 서울시 마포구 동교로23길 76(연남동)
전화 02-335-4422 팩스 02-334-3427
저자·독자 서비스 humanist@humanistbooks.com
홈페이지 www.humanistbooks.com
유튜브 youtube.com/user/humanistma 포스트 post.naver.com/hmcv
페이스북 facebook.com/hmcv2001 인스타그램 @humanist_insta

편집책임 문성환 편집 윤무재 디자인 장혜미
용지 화인페이퍼 인쇄 청아디앤피 제본 민성사

ⓒ 서가윤, 2024

ISBN 979-11-7087-184-2 44800
    979-11-6080-836-0 (세트)